이것이 법이다

이것이 법이다 188

2024년 7월 19일 초판 1쇄 인쇄
2024년 7월 24일 초판 1쇄 발행

지은이 자카예프
발행인 김관영

기획 박경무 강민구 임동관 조익현 최시준 신정윤
책임편집 최전경
마케팅지원 유형일 장민정

발행처 (주)로크미디어
출판등록 2003년 3월 24일
주소 서울시 마포구 마포대로 45 일진빌딩 6층
Tel (02)3273-5135 **Fax** (02)3273-5134
홈페이지 rokmedia.com **E-mail** rokmedia@empas.com

ⓒ 자카예프, 2015

값 9,000원

ISBN 979-11-408-2689-6 (188권)
ISBN 979-11-255-9575-5 04810 (세트)

이것이 법이다

188

자카예프 장편소설

ROK
MEDIA
로크미디어

CONTENTS

질투와 의견의 차이   7

이 한 몸 누일 곳   43

악화가 양화를 구축하는 중   83

저격수 노형진   117

방송인 노형진   163

톱 시크릿?   187

구걸하고 기부는 다르다   215

후계자를 위한 전당   257

질투와 의견의 차이

안행동의 출소자 정착 지원 계획.

장영아와 한인총은 출소자들이 거주하는 곳에 범죄자들의 명의를 빌려 자신들이 들어가서 살려고 했다.

하지만 범죄자들이 이사한다는 소문이 퍼지고 사람들이 들고 일어나자 대놓고 '사실은 저희가 들어가서 살 겁니다.'라고 해명할 수가 없어졌고, 결과적으로 치열하게 대립할 수밖에 없었다.

그리고 이런 이슈를 놓칠 기자들이 아니었다. 사회적으로 이슈가 된 사건은 조회수를 보장하고, 조회수는 자신의 보너스를 보장하니까.

그랬기에 점점 더 많은 기자들이 이 전쟁이 참가했다.

님비 현상 한국을 좀먹다

지역이기주의의 끝판왕

누군가는 안행동 주민들을 공격하면서 자기들의 우월한 선민의식을 뽐내기도 했고.

주민 동의 없는 범죄자 정착 규정이 문제

초등학교 주변에 성범죄자. 이게 정상인가?

누군가는 반대로 범죄자들을 공격하면서 자신들의 조회수를 늘리기 위해 더더욱 노력했다.

그리고 그 두 집단의 싸움은 누가 봐도 후자가 더 유리했다.

"아무래도 사람들의 반대가 더 심하네?"

서세영은 뉴스와 여론의 분위기를 살피다가 반색하면서 말했다. 찬성 쪽에서 필사적으로 노력하는 분위기지만 반대파의 공격이 훨씬 더 강하고 양도 많았다.

"당연한 거지. 안행동은 어지간히 벌어서는 못 사는 동네야."

그런데 거기다가 죄수들을 데려다 둔다? 일반인 입장에서는 용납은 못 할 거다.

동시에 안행동 주민 입장에서도 집값 떨어지는 소리가 들리는데 좋을 리가 없다. 당연히 반대할 수밖에 없었다.

"너도 알다시피 인간은 온갖 사소한 것에 의미 부여하고 싸우려고 덤비거든. 돈가스 하나에도 그 지랄인데 수십억짜리 집은 어떻겠어?"

"돈가스?"

"아, 넌 모르나? 그 돈가스 사건이라고 있어."

돈가스를 파는 집에서 가난한 결식아동들을 위해 돈가스를 준 적이 있었다. 파는 가격은 그 당시 기준으로 8천 원 정도지만 원가는 2천 원 정도고 나머지 인건비 같은 건 어차피 나가는 것이니까 배고픈 애들에게 밥이라도 한 끼 먹이겠다, 뭐 그런 의미였다.

"뭐, 부담스러운 건 아니었지."

아이들이 매일같이 오는 것도 아니고, 설사 온다고 해도 하루에 기껏해 봐야 1만 원 더 나가는 정도다. 그런데 나름 맛집으로 소문나서 장사가 잘되는 집이다 보니 그런 만 원 정도는 손해도 아니기에 시작한 것이었다.

"그런데 어떤 인간이 그걸로 항의하고 경찰을 불렀지."

이유는 간단했다. 자신은 돈 내고 먹는데 왜 아이들에게 공짜로 먹이느냐. 거지새끼들이랑 같은 음식을 먹는 게 기분 나쁘다는 이유였다.

"미친 새끼 아니야, 그거?"

"미친 새끼지. 일상생활 자체가 열등감으로 똘똘 뭉친 인간이었을 거야, 아마."

심지어 그놈은 자기편을 끌어들이겠다고 인터넷에 글을

올리며 자신의 정당성을 주장했다. 하지만 누구도 그런 그에게 동의하지 않고 도리어 그 돈가스집 사장을 칭찬했다.

"물론 돈가스 하나로 지랄한 그놈이 미친놈이긴 한데, 그게 십수억짜리 아파트라고 해 봐."

"하긴, 보통 사람은 용납하기 힘들겠네."

"힘들지."

더군다나 돈가스를 먹는 거야 피해 입을 일이 없고 그냥 '내 기분 나쁘다.' 정도이지만 범죄자다. 그러면 사람은 자신에게 위협이 된다고 생각하게 된다.

"자연스럽게 소송으로 가겠네."

"아니, 이건 소송으로 못 가."

"응? 어째서?"

"소송의 주체가 애매하거든."

"소송의 주체?"

"그래, 소송의 주체. 소송에는 고소인과 피고소인이 있지."

"피고소인은 있잖아? 장영아하고 한국인권총연맹."

"그래, 그런데 고소인이 애매하잖아. 계약 당사자도 아닌 지역 주민이 소송할 수 있겠어?"

"그러네."

지역 주민은 아무런 권한도 없는 제3자다. 그래서 격렬하게 항의할 수 있다고 해도 현실적으로 소송할 당사자로서 결격사유가 심하게 발생한다.

"뭐, 어찌어찌 집단을 만들어서 소송한다고 치자. 그래도 그건 못 이겨."

비대위 같은 건 소송의 정당성을 인정하니까 그게 만들어져서 소송으로 간다 한들 그 소송에서 이기기 위해서는 헌법상의 권리를 부정해야 한다. 아니면 그에 상응하는 피해가 발생해야 한다든가.

가령 명백하게 주택가인데 거의 비행기에 가까운 소음을 내는 시설이라든가 아니면 독극물을 사용하는 공장이라든가 그런 거라면 안전상의 이유로 충분히 거절당할 수 있다. 하지만 교도소 출신이라는 이유로 거주지가 제한당하는 것은 불가능하다.

그리고 법원에서 지역을 설정하는 것도 불가능하다.

설사 전자 발찌를 찬다고 해도 그건 신고된 주거지에서 벗어나는 걸 경고하는 목적이지 특정 주거지를 골라 주는 게 아니다.

성범죄자의 경우 학교 주변같이 특수한 경우가 아닌 이상에야 사는 곳을 선택할 수 없다.

"그러니까 다른 변호사들을 다 찾아다녀도 우리를 찾아올 수밖에 없다는 거지?"

"그래, 우리가 먼저 알고 접근했으니까."

소문낸 것도 자신들이고 동시에 그걸 해결할 방법이 있다고 한 것도 자신들이다. 다른 곳에 찾아가 봐야 대부분의 변호사들은 못 이긴다고 할 테고 이긴다고 하는 놈들도 그냥 수임료나 먹고 땡치려고 하는 놈들이기에 현실적으로 어떻게 이길 건지에 대한 의견은 못 낼 거다.

"그런데 오빠는 어떻게 이기려고?"

"결국 소송해야지."

"못 한다면서?"

"아 다르고 어 다른 게 소송이거든."

"그거야 그런데……."

여전히 이해가 안 간다는 얼굴이 되는 서세영이었다.

"일단 그 전에 할 게 있어."

"어떤 건데?"

"한인총을 공식 단체로 인정하고 동티모르로 보내 버리는 거."

"지금? 왜?"

"지금 상황에서 공격이 들어가면 자기들끼리 뭉쳐서 저항하겠지."

그럴 수밖에 없다. 외부에서 공격하는 거니까.

"하지만 내부에서 일단 갈라진 후에는 손잡기가 애매하거든."

"아하!"

물론 외부의 공격이 아주 거세서 자기들이 다 망하게 생겼다고 하면, 그래서 양쪽 다 죽을 판이라고 하면 아마 서로 손잡을 거다. 다 같이 죽기는 싫을 테니까.

"과거의 중국처럼 말이지."

일본이 공격할 때 중국의 공산당과 국민당은 손잡고 일본에 대항했다.

"그래, 하지만 동시에 그다음을 대비하기 마련이거든."

공산당은 국민당과 함께 일본에 대항하여 싸울 당시 계획적으로 대신 자신들의 주력을 빼돌리기 위해 국민당을 싸움으로 밀어 넣었는데, 그 결과 국민당군이 힘이 빠져서 대만으로 도망가고 공산당이 중국 대륙을 모조리 먹는 원인이 됐다.

"그것과 마찬가지야. 내부 싸움이 붙으면 말이지, 결국 배신이 예정되어 있거든."

그리고 그걸 막기 위해 외부와의 싸움에 집중하지 못하게 된다.

"하긴, 오빠가 구 일본군도 아니고."

그렇게 허접하게 싸우지도 않고 그렇게 약하지도 않다.

"그러니까 싸움을 붙여야지."

그리고 그 모든 방법은 이미 준비되어 있었다.

"지금쯤 슬슬 터지고 있을 거야, 후후후."

⚖

한인총. 여러 집단이 모인 단체이다 보니 각자 이권도 다르고 목적도 다르다. 그러나 어느 단체와 마찬가지로 각자 이권이 있고 경쟁이 있다.

아무리 잘나가도 그게 싸움이 붙으면 개판되는 건 한순간이고 그 후에 그 조직이 개판되어도 그 싸움은 끝나지 않는다.

송정한은 한인총에 동티모르에 갈 사람을 뽑으라고 이야기했고 당연히 장영아는 자기가 가기 싫으니 한득거를 보내려고 했다.

그리고 그 싸움을 외부적으로 터트린 게 바로 한인총의 정부 지원 발표였다.

정부, 한국인권총연맹에 대한 지원 발표. 한국인권총연맹을 통한 범죄자의 갱생에 힘쓸 것

한국인권총연맹, 동티모르에 있는 국외 교도소에 인권팀 파견 예정. 해외 죄수 인권에 힘쓸 예정

물론 말도 안 되는 소리다. 그런 결정을 공문으로 내보낸 적은 없다. 하지만 협회장인 장영아가 보내겠다고 동의했기에 그렇게 기사화되어도 문제 될 건 없었다.

당연하게도 그에 대해 한득거는 눈이 뒤집어져서 저항할 수밖에 없었다. 왜냐하면 그 대상이 자신이라는 걸 아는 건 어려운 일이 아니니까.

설사 자신이 회장이었다고 해도 장영아를 보내려고 할 테니까.

"개소리하지 마쇼! 우리가 왜 가?"

"전문적이라면서요? 전문성이 있다면서요?"

"아니, 그거야 한국 내부에서나 그렇지."

"어차피 해외 교도소로 나가는 죄수들은 한국 죄수들이에요. 가서 조금만 더 갱생을⋯⋯."

"헛소리하지 마!"

"맞습니다! 이건 나가 죽으라는 소리밖에 안 됩니다!"

한득거는 심각하게 반항할 수밖에 없었다. 왜냐하면 동티모르에는 할 수 있는 게 없기 때문이다.

단순히 즐긴다 문제가 아니다. 죄수들은 법에 따라 먹여 주고 재워 주고 입혀 주는 걸 다 한국 정부에서 해야 한다.

하지만 인권 운동가들은 민간인이기에 교도소에서 생활이 불가능하다. 그렇다 보니 외부에서 살아야 하는데, 동티모르에서 아무리 시설이 좋고 잘된 곳이라고 할지라도 한국에 비하면 손색이 있을 수밖에 없다.

물론 찾아보면 한국에 준하는 그런 시설을 가진 곳이 있을지도 모른다. 하지만 그런 시설을 가진 곳은 동티모르의 수도 정도에나 있을 거다.

그런데 하필이면 교도소가 있는 곳은 동티모르에서도 오지 중의 오지. 절대다수의 장소에 수도, 전기도 안 들어왔고 절대다수의 사람들이 아직도 흙으로 만든 움집에서 생활하는 곳.

그런 곳에 제대로 된 시설을 기대하기도 힘들뿐더러 그런 곳에 그런 시설을 정부에서 만들어 줄 리도 없다.

결국 자기들 돈으로 자기들이 모두 확보해야 한다.

"미쳤어?"

그런 곳에 가고 싶은 사람은 아무도 없었다.

"하지만 누군가는 가야죠, 인권을 위해서."

"개 같은 소리 하지 말고. 너네 파벌에서 가면 될 거 아니야!"

그 말에 장영아가 한득거를 표독스럽게 바라보았다.

"좋은 일에 파벌이 어디 있어요?"

"말장난하지 말고!"

파벌이 없을 리가 없다.

그가 표에서 밀려서 부회장이 된 것도, 그리고 집행 권한을 빼앗긴 것도 모두 그의 파벌이 장영아보다 약해서 그런 것이 아니던가? 그런데 파벌이 없다니.

"이제는 내가 못 참겠다."

"아까부터 왜 반말이야, 무식하게."

"무식? 무식이라고 했어, 지금?"

그간은 꾹 참았다.

그래도 갈라서는 것보다는 뭉치는 게 나으니까.

흩어져서 싸우는 것보다는 그래도 뭉쳐 있는 게 나으니까.

그런데 장영아 파벌이 안행동의 아파트에서 화려하게 살아가는 동안, 이쪽 파벌은 동티모르의 움집에서 살아가라?

미치지 않고서야 그 조건을 받아들일 사람은 없었다.

"당신이 나가야지. 부회장이면 솔선수범해야 할 거 아냐?"

"솔선수범 같은 소리 하고 자빠졌네. 그러면 너희 파벌에서 절반 보내. 그러면 우리 파벌에서도 절반 보낼 테니까."

"아니, 파벌 같은 거 없다니까 왜 그래? 지금 회장 무시해?"

당연히 장영아는 한득거의 요구를 받아들일 수가 없었다. 자기네 파벌에서 보내면 힘이 빠지는 건 둘째 치고 그 사람이 배신해서 한득거에게 붙어 버릴 가능성이 아주 높다.

그간 장영아에게 충성을 다 바쳤는데 갑자기 동티모르로 보내 버린다? 당연히 배신감에 아는 걸 모조리 한득거 패거리에게 붙어 버릴 거다. 그리고 한득거 패거리는 그걸로 장영아를 날려 버리고도 남는다.

'절대로 안 돼.'

그렇기에 장영아는 절대로 자기 파벌을 보낼 수가 없었다.

"그냥 조직을 위해 한득거 씨가 포기하지?"

"개소리하지 말고."

서로 치열하게 대립하는 상황.

그러나 그들은 몰랐다, 이 모든 게 노형진이 노린 상황이라는 것을.

⚖️

그들이 파벌 간 대립으로 인해 동티모르에 보낼 사람을 특정하지 못하는 시점.

그 시점에 절묘하게 언론에 한 가지 뉴스가 보도되었다.

그것도 장영아와 한인총에게 아주 불리한 뉴스가.

물론 그걸 흘린 건 다름 아닌 노형진이었다.

안행동은 되지만 동티모르는 안 된다? 한국인권총연맹, 동티모르 인권 운동가 파견 거부

한국인권총연맹(이하 한인총)에는 최종적으로 동티모르의 파견을 거부한 것으로 드러났다. 정부에서는 동티모르에 수감된 죄수들의 갱생 및 인권 운동 차원에서 한인총에 대한 정부 지원을 결정하였으나 한인총에서는 내부적인 이유로 해당 파견을 거부하면서 그들의 이중성이 드러났다.

내부 관계자에 따르면 갑작스러운 한인총의 의견에 당황했으며 지원 자격을 재검토하겠다고 밝혔다.

아주 짧은 뉴스였다. 하지만 그 짧은 뉴스가 국민들을 자극하는 건 어려운 일이 아니었다.

―이야, 비싼 아파트는 되지만 동티모르는 안 되는 거였어?

―이딴 게 인권 운동가라고? 지랄하고 자빠졌네.

―나도 안행동에 아파트 한 채만 주라. 그러면 최선을 다해서 인권

운동 할게.

그나마 남아 있던 한 줌의 지지 세력도 그 뉴스를 보고 대번에 돌아선 것.

"너무 뻔뻔하네."

"그래서 내가 자칭 인권 운동가들을 싫어하는 거야. 그들은 공정하지 않거든."

물론 많은 인권 운동가들이 자신의 삶을 갈아 넣으며 인권 운동을 한다. 그리고 그러한 인권 운동가들 덕분에 한국이 민주주의국가가 된 것도 사실이다.

한때 한국은 인권을 이야기하면 빨갱이라는 이름으로 잡혀가서 남산에서 고문당하거나 갑자기 실종당하는 게 일상이었는데, 그런 상황에서도 운동한 수많은 사람들 덕분에 한국에 민주주의가 정착했으니까.

"그런데 어딜 가나 그 후대의 쓰레기들이 권력을 잡기 시작하거든."

인권이 정착되었지만 그 뒤를 이은 자들은 자신의 권력에 눈뜨게 된다. 선배가 쌓아 올린 과실과 업적으로 자기들이 빼앗아 먹고 자기들의 배를 채우려고 한다.

"하긴, 그 당시에 인권 운동한 분들에 대해 찾아보면 가관이더라."

"내 말이 그 말이야."

독재 정권에 고문당하고 그들과 싸우느라 재산도 잃고 온몸에 후유증만 남은 사람들.

그들은 쪽방촌에서 추위에 벌벌 떨면서 진통제를 아껴 먹으며 죽을 날만 기다리고 있는데, 정작 그 뒤를 이었다는 놈들은 빼돌린 돈과 횡령한 돈으로 화려한 아파트에서 살며 인권 운동가를 자칭하면서 정작 진짜 도움을 필요로 한 사람들에게서는 시선을 돌린다.

"지금만 봐도 그렇지."

사람들이 분노하는 이유가 뭔가? 바로 그들의 행동 때문이다. 그들이 자기들의 주장과 다른 행동을 하기 때문이다.

"더군다나 이 정부 승인이라는 게 말이지, 조건부 승인이거든."

장영아는 쉽게 생각했을지도 모른다. 하지만 정부 입장에서는 또 필요한 사항이기도 했다.

왜냐하면 한국에 있는 교도소의 경우 인권 운동가들이 접근하기 쉽지만 동티모르는 아니니까.

"더군다나 동티모르는 현실적으로 한국보다 인권에 대한 개념이 약한 나라니까."

그런 곳에서 생활하는 현지 근무자들이 거칠 수밖에 없으니까. 그러니 누군가는 혹시 모를 사태를 막아야 한다.

"그런데 그걸 거절했으니까."

"그러겠네."

편한 곳에서, 그리고 쉬운 곳에서 일하고 싶다.

그리고 돈을 가지고 여유롭게 누리면서 살고 싶다.

그러한 마음이 외부에 보일 수밖에 없었다.

"확실히, 이렇게 되면 자신의 정당성을 주장하기도 힘들지."

자신들은 죽어라 손해 보기 싫으면서 남에게는 님비 현상을 이야기한다? 과연 그 누가 그들의 말을 믿을까?

이토록 대놓고 내가 하면 로맨스, 남이 하면 불륜이라는 걸을 드러내고 있는데.

"이제 사람들이 슬슬 정부를 압박할 거야."

그들은 정부를 비인권이 어쩌고 하면서 압박해서 돈을 뜯어내려고 했다.

"하지만 더 큰 압박이 정부에 들어오면 그때는 상황이 달라지지."

정부 입장에서는 당연히 정당하고 합리적인 의심을 하게 될 거다.

"하지만 그대로 죽을까? 아니, 그렇잖아. 인권 단체들이 모인 곳이 한인총이잖아?"

"그래, 보통이라면 아마 그냥은 안 죽을 거야."

자기들끼리 규탄 성명을 내면서 온갖 쇼를 할 거다.

그리고 언론사들을 통해 다시 한번 압박하려고 할 거다.

그런 놈들에게 대중적인 사람들의 의견 같은 건 중요한 게 아니니까.

사회적으로 규탄받는 범죄를 저질렀다 해도 자기들에게 도움이 되고 자기들의 이권을 챙길 수 있다면 무조건 그들 편이다. 연쇄살인을 하고 시체를 토막 내서 뜯어먹는 괴물이라고 해도 말이다.

"하지만 지금 상황이 보통은 아니잖아?"

"응? 그게 무슨 말이야, 오빠?"

"내가 왜 송 대통령님에게 일단 과실부터 내주라고 했는데."

"그러고 보니 그러네. 어차피 안 줘도 되는 거였는데?"

"사람들은 이기면 모든 게 끝이라고 생각하지. 하지만 말이야, 세상에서 제일 어려운 건 이기는 게 아니라 지키는 거야. 지금 한인총 꼴이 어떤지 알지?"

"한인총 꼴이…… 아하!"

한국인권총연맹은 말 그대로 연맹이다. 그런데 그곳을 이끄는 장영아는 자신의 패거리와 함께 모든 걸 다 처먹으려고 했다.

승자 독식.

부패한 집단에서 흔하게 벌어지는 일이며, 특히 대표가 부패할수록 그건 너무 당연한 구조다.

한인총 역시 마찬가지.

장영아는 승리했고, 그래서 모든 이권을 독식하고는 그 과정에서 한득거를 동티모르로 보내려고 했다.

"여기서 문제. 과연 이 상황에서 다른 인권 단체들은 뭐라고 할까?"

"절대 편 안 들어 주겠네."

자기들이 팽당할 게 뻔하다. 이번에 편들어 줘서 어찌어찌 다시 권리를 지킨다고 해도 결국 이 모든 게 한인총 내부에서 이루어지는 일인 만큼 한인총의 회장인 장영아가 다 처먹을 거다.

"하지만 지금 상황은 그게 아니지. 도리어 이권보다 책임이 더 큰 상황이지."

"무슨 소리인지 알겠네."

이 상황이 벌어진 이상 그 누군가는 이 상황을 책임지고 수습해야 한다. 그런데 장영아가 책임을 통감하고 모든 이권을 내려놓고 재야로 내려올까?

"더군다나 지금 정부에서는 지원금을 준 상태거든."

전부를 다 준 건 아니지만 최소한의 지원금은 지출한 상황.

"그게 왜?"

"그게 중요해. 정부에서 지원받은 단체는 말이지, 정부에서 감사할 권리를 가져가."

물론 그게 제대로 감사가 이루어지는 경우는 드물다. 감사원이 그렇게 시간이 넉넉한 게 아닌 데다가 그걸 하기에는 인원도 부족하니까.

더군다나 감사원이 부패한 지 오래돼서 적당히 뇌물을 챙겨 주면 모른 척하는 건 딱히 비밀도 아니었다.

"하지만 지금은 그게 아니지. 송정한 대통령님은 외부 감사 시스템을 운영 중이지."

"아하!"

감사 권한이 있고 국민들이 들고일어나서 이중적인 행동에 대해 불만을 이야기하고 감사를 요구하고 있다.

"여기에 약간의 양념만 더하면 그때부터는 자연스럽게 감사로 넘어가는 거지."

"양념?"

그 말에 서세영은 고개를 갸웃했다.

"이걸로는 안 되는 거야?"

"사람들이 분노해서 요구하는 것은 사실이지만 사람들이 떼를 쓴다고 해서 다 들어줄 수는 없잖아. 떼법으로 인한 부작용이 얼마나 심한데. 제대로 감사하려면 규정대로 해야지."

만일 대통령이 기분 나쁘다고 마음대로 감사하라고 한다면 그 자체로도 상당한 권력 남용이다. 그랬기에 감사원에서 권력을 휘두를 수 있는 거다.

죄를 만들어 낼 수 있는 것도, 그리고 증거를 조작하는 것도 대통령은 못 해도 감사원은 할 수 있는 거니까.

송정한은 일회용 외부 감사 조직을 만드는 법을 통과시키고 그걸 이용해서 외부 감사를 돌리는 이유가 다 있는 거다.

조직은 고일수록 썩으니까.

"흠, 증거가 필요하다는 거네?"

"그렇지."

"하지만 그게 애매하잖아? 애초에 감사라는 게 증거를 찾기 위해서 하는 건데?"

"뭐든 다 그래. 안 그러면 견제가 불가능하잖아."

영장을 청구하기 위해서는 증거가 필요하고, 증거를 찾기 위해서는 영장이 필요하다. 이게 악순환 같고 뭔 뻘짓인가 싶지만 그렇게 구분해서 복잡하게 단계를 안 만들어 놓으면 권력은 사람을 죽여서라도 자기 자리를 지키려고 한다.

"그리고 이미 증거는 확보해 놨지."

"확보?"

"안행동에 누가 산다고 했지?"

"그거야 장영아…… 아하!"

장영아와 그 일당이 살려고 그 집을 구했을 거다. 하지만 그것과 별개로 그곳에 사는 사람으로 그들의 이름을 올릴 수는 없다. 아무리 감사원에서 돈을 받아 챙겨도 적당히 둘러댈 핑계라도 만들어 줘야지, 그게 아니라 대놓고 돈을 빼돌리면 감사원도 안 지켜 준다.

"그러면 그 죄수들은 과연 어디에 살까?"

범죄자에 대한 주거 지원. 그 명의를 빌려준 죄수들이 과연 사는 곳이 없을까?

그럴 리가 없다. 아직도 교도소에 있는 사람이라면 명의를 빌릴 수가 없을 테니까.

"이미 보고가 올라가 있구나."

"맞아."

노형진은 싱글벙글 웃으며 말했다.

"그리고 범죄자들에게 의리라는 게 무슨 의미가 있겠어? 후후후."

안행동에 살 예정인 사람들은 노형진의 예상대로 이미 출소해서 생활하는 곳이 있었다. 그중에서 한 명이 바로 안상감이었다. 사기 전과 8범. 그리고 그가 사는 곳은 아주 허름한 원룸이었다.

"사기 전과 8범인데 뭐 이런 데서 살아? 아니, 사기 전과 8범이면 보통 좋은 곳에서 사는 거 아니야?"

서세영은 어이없다는 듯 그렇게 말했다. 그녀가 그렇게 말하는 것도 당연했다. 애초에 사기꾼들은 빼돌려 둔 돈으로 떵떵거리면서 사는 놈들이니까. 그러니까 보통은 아주 화려하게 잘산다.

"그거야 대털들이나 그렇지. 이놈은 잡범이야. 보고서를 봐."

"응? 그게 왜?"

"나이가 고작 40세야. 그런데 사기 전과가 8범이라고. 그게 무슨 의미겠어?"

"글쎄?"

"능력 안되는 놈이 사기 치고 다녔다는 거지. 잡범이라고."

"잡범이라고? 그걸 어떻게 알아? 그 보고서에 범죄 기록은 안 올라와 있던데?"

"변호사에게 오는 사건은 말이야, 결국 어느 정도의 규모가 될 수밖에 없어."

아무리 새론이 싼 가격으로 변호해 준다고 해도 특수한 경우가 아니면 금액을 깎아 주는 데 한계가 있다. 규정이라는 게 있으니까.

가령 소송해서 받아 낼 수 있는 돈이 300만 원이라면 대부분의 사람들은 개인 소송을 선택한다. 왜냐하면 변호사 비용이 아무리 싸도 330만 원이니까.

"그런데 중고천국 같은 데서 사기 치면 어떨 것 같아?"

"아하!"

기껏해야 수십만 원. 그리고 그렇게 사기를 치는 놈들은 보통 미래를 생각해서 큰돈을 모으겠다고 사기 치는 게 아니다. 그냥 룸살롱에 가고 싶거나 최신 컴퓨터를 맞추고 싶어서 사기를 치는 거다.

"하긴 그런 건 변호사를 고용하기도 애매하지."

피해자는 단돈 몇십만 원, 많아야 몇백만 원에 변호사를 사서 소송하지 않는다. 그냥 신고하면 될 일이니까.

가해자도 동일하다. 단돈 몇백이 없어서 그런 사기를 치는 놈들이 과연 변호사를 쓸까? 그런 경우 절대다수는 돈 없다고 배 째라를 시전한다.

"거기다가 이놈은 그렇게 해서 실형까지 나왔단 말이지."

바뀌지도 않고 근성도 없고 인생에 대해서도 미래도 없는 타입.

"그리고 아주 높은 확률로 가족들도 손절 했겠지."

가족들 입장에서도 사기꾼에 범죄자를 편들어 주는 데에는 한계가 있다. 더군다나 실수로 했다거나 한 번 욱해서 한 것도 아니고 계속 사기를 치고 있으니까.

그런 사기를 칠 때 가족도 그 대상인 경우가 많고 설사 아니라고 할지라도 그런 경우에 돈을 물어 주는 건 가족이지 범인이 아니다.

"더군다나 수십 수백 명이라고 하면 더 답 없지."

"수십 수백?"

"한국의 법 중에 잘못된 법이잖아. 병합."

"아, 맞다. 확실히 그건 어떻게 해야 하는데."

"뭐, 판검사들이 일하기 싫어서 만든 법인데, 뭘."

병합이란 쉽게 말해서 여러 개의 사건을 저지르는 경우에 그 사건들을 한 번에 묶어서 처벌하는 것이다. 그런데 이 병합이라는 게 피해자 입장에서는 억울해서 미칠 노릇인 규정이다.

애초에 병합이라는 게 피해자는 철저하게 무시하고 판검

사들의 편의를 위해 만들어진 규정이기 때문에 그렇다.

예를 들어 한 사람이 10건의 소매치기를 저질렀다고 가정하자. 그러면 법적으로는 그 사건들을 다 따로 처리해야 하는 게 맞다. 미국 같은 식으로 처리한다.

한 곳에서 재판이 끝내서 1년 형을 받으면 다른 곳에 가서 다시 재판받고 그에 맞는 형량을 받는다.

하지만 한국은 그런 게 아니다. 귀찮으니까 10건을 하나로 묶어서 처리한다. 그렇게 하면 한 번만 재판하면 되니까.

그렇다면 병합했으니 처벌이 강해지냐? 그것도 아니다. 도리어 약해진다.

가령 소매치기로 징역 6개월을 받는다면 10건이 병합되면 사람들은 당연히 60개월이 나와야 한다고 생각한다.

하지만 병합으로 처리되면 길어 봐야 징역 1년 6개월 정도밖에 안 나온다. 그렇다 보니 실질적으로 처벌이 약해지는 현상이 벌어지는 거다.

"그리고 이런 사기꾼은 더 심하지."

"하긴 그건 그래요."

중고천국 같은 곳에서 사기를 치는 놈들은 한 번에 한 명 두 명에게만 치지 않는다. 한꺼번에 최소 수십 명씩 친다. 그리고 그게 병합된다? 그러면 그냥 전과 1범이다.

그런데 그게 쌓이고 쌓여서 전과 8범이 되었다는 것은 피해자가 못해도 천 단위에는 근접할 거라는 소리다.

"그런데 왜 명의를 빌려줬을까?"

"뭐, 뻔하거든."

나이가 사십 먹고 전과 8범. 취업은 글러 먹었다.

그리고 그렇다고 가족들이 도와줄 것도 아니다.

그러면 어떻게 먹고살아야 할까? 또 사기?

그런데 그게 쉽지 않다. 왜냐하면 사기 계정이라는 이유로 계정을 이미 차단했을 테니까.

물론 계속 사기를 치는 놈이라면 계정을 구입하거나 할 방법이 있을지도 모른다.

"그런데 말이지, 보통은 그렇게 못 하거든."

인터넷에다가 '중고천국 계정 삽니다.'라고 올려 봤자 누구도 안 판다. 왜냐하면 그런 식으로 계정을 사는 것 자체가 보통은 사기를 친다는 목적으로 사용되기 때문이다. 실제로 그런 경우는 계정 압류 대상이다.

"그래서 보통은 친인척 이름으로 돌려 막지."

하지만 전과 8범이라면 그것도 한계일 가능성이 크다.

"먹고살 수 없다 이거구나."

"맞아. 그리고 그런 놈에게 접근해서 돈 좀 준다고 하면 좋다고 할걸."

"그런데 이놈이 배신할까?"

"당연히 하지."

노형진은 확신했다.

"범죄자는 범죄자일 뿐이야. 그놈들이 착하고 부지런하고 바르게 살면서 약속을 지킬 리가 없지. 그리고 애초에 계약이라는 건 당사자가 다르면 효력도 달라지거든."

"응?"

"보면 알아, 후후후."

노형진은 웃으며 말했다.

⚖️

안상감을 찾아온 노형진은 그에게 보고서를 건넸다. 글이야 읽을 줄 알 테니까.

물론 그에게 '명의를 빌려줬느냐?'라는 질문이나 '명의를 빌려주는 것은 불법이다.'라는 말을 하지 않았다.

그렇게 말하는 건 하수고 가장 멍청한 짓이다. 범죄자이기에 본능적으로 범죄에 대해 말하는 순간 바로 부정할 게 뻔하니까.

그 대신에 그에게 자신의 권리를 인식시켰다.

"왜 여기서 사십니까?"

원룸이라고 하지만 10평 내외의 큰 곳도 아니다.

잘해 봐야 다섯 명 정도의 작은 공간. 그나마도 화장실을 빼고 나면 고작해야 3평 정도.

진짜 딱 자기 몸을 누일 공간만 있는 구조.

"누구신데 저를 찾아오셨습니까?"

"노형진 변호사입니다. 이쪽은 서세영 변호사고요."

"변호사님이 왜?"

변호사라고 하자 그는 흠칫했다. 자기가 저지른 죄가 있다보니 누가 죽여 버리겠다고 변호사를 산 게 아닐까 하는 생각을 한 것이다.

"그…… 저희가 사건 하나를 처리하다가 이상한 게 있어서요."

"어떤 게요?"

"왜 여기서 사시나 해서요?"

"제 집은 여긴데요."

"그럴 리가요? 정부에 보고된 바에 따르면 안행동의 38평짜리 아파트에 거주하셔야 하는데요?"

"네?"

안상감은 그 말을 이해하지 못하고 물끄러미 노형진을 바라보았다.

'하긴, 사기 치는 놈들이 제대로 설명해 줄 리가 없지.'

그냥 대충 돈 좀 쥐여 주면서 동의서에 도장 찍으라고 했을 거다.

"무슨 말씀이십니까, 그게?"

"정부에서 주거 지원을 위해 한국인권총연맹을 통해 아파트를 제공했거든요."

"네? 뭐라고요?"

어이없다는 듯 안상감의 눈이 커졌다. 전혀 모른다는 눈치다.

"저한테요?"

"네, 그렇게 보고가 올라왔습니다만?"

아무리 한인총에서 돈을 빼돌리려 한다고 한들 서류는 제출해야 한다. 그리고 그 서류에는 정부와 약속대로 출소자의 이름이 올라가야 한다.

"그러니까 정부에서 저한테 안행동에 38평 아파트를 줬다고요?"

"음, 정확하게는 주거 안정 차원에서 한인총을 통해 지원한다는 보고가 올라왔습니다만? 뭐, 집을 빌려드리는 거랑 비슷하겠네요."

"저는 전혀 몰랐는데요?"

"그래요? 이상하네요."

노형진은 어깨를 으쓱하며 말했다.

"그러면 여기서 계속 사실 겁니까?"

"네?"

"아니, 저희가 확인할 게 있어서요."

"그건 아니죠. 당연히 거기로 가야지요."

"음…… 그러면 그 사건은 저희가 담당해도 될까요?"

"변호사님이요?"

"네, 보니까 저쪽에서 사기를 친 것 같은데."

그 말에 안상감의 눈에 어이없다는 눈빛이 스치고 지나갔다. 사기꾼인 자신이 사기당할 거라고는 생각 못 했던 모양이다.

'이런 잡범들 수준이 그렇지, 뭐.'

그러니까 당하고 사는 거다. 조금이라도 요즘 사건에 관심을 가지고 있다면 아마도 자기가 당하고 있었다는 걸 알았을 텐데 말이다.

"그 집을 찾아 주세요!"

당연히 안상감은 그렇게 말할 수밖에 없었다.

"아니요. 그건 안 됩니다."

"네? 어째서요?"

"그걸 빌린 건 안상감 님이 아니라 한인총이거든요."

"그런!"

"하지만 손해배상은 가능할 겁니다."

"손해배상이요?"

"네."

노형진은 그렇게 말하면서 주변을 스윽 둘러봤다. 그러고는 조용히 말했다.

"이렇게 좁은 곳 말고 그나마 좀 넓은 한 10평쯤 되는 원룸으로 갈 수 있는 돈은 나올걸요."

그 말에 안상감의 눈에서는 불똥이 튀었다. 그 돈이라고 해도 그게 어디인가?

"어디다 사인해야 합니까?"

"계약서, 여기 있습니다."

안상감은 그걸 제대로 읽어 보지도 않고 사인했고, 노형진은 그 모습을 보면서 미소 지었다.

⚖️

"오빠."

"응?"

"그, 집 못 들어가는 거 알잖아?"

안행동의 빌린 집은 이미 계약 파기 소송 중이다. 높은 확률로 파기가 진행될 테고, 이미 주인인 한보람은 들어가는 걸 막겠다고 입구를 용접질까지 했다.

"설마 그 소문처럼 아동 성범죄자가 아니라서 들어갈 수 있다고 생각하는 거야?"

애초에 한보람이 소송한 이유는 간단하다. 거기에 청송 출신의 강력 범죄자가 들어갈 거라는 소문 때문이다.

물론 거기에 들어갈 건 장영아였고 명의를 빌려준 안상감은 잡범 수준이지만 말이다.

"그리고 우리는 한보람한테 이미 의뢰받아서 소송 중인데? 이거 변호사법 위반 아니야?"

"응, 아니야."

"어째서?"

서세영은 그 말이 이해가 가지 않았다. 한보람과 한인총 그리고 안상감이 모두 엮인 사건이 아니던가?

"계약상 다르니까."

"계약이 다르다니 그게 무슨 말이야?"

"장영아랑 한인총이 한 계약에서 가장 큰 문제는 한보람과 전세 계약을 할 때 범죄자의 주거 지원용으로 쓰겠다고 고지를 안 한 거야."

그건 죄수의 질과 상관없이 심각하게 신의성실의원칙 위반에 들어갈 정도의 문제다. 왜냐하면 그곳을 빌렸을 때 누가 들어올지 알 수가 없기 때문이다.

이번에 보고가 올라온 사람은 안상감이고 외부적으로는 그가 그 집에 입주하는 것으로 되어 있다.

그런데 그는 사기꾼이지 아동 성범죄자는 아니라고 하지만 전과 8범에 피해자가 최소 수백 단위가 되는 만큼 주변에 다른 사기를 칠 가능성도 무시 못 한다. 그러니 세를 주는 주인 입장에서는 심각한 문제다.

"그런데 말이지, 안상감이 한보람이랑 계약했나? 안 했잖아?"

"그거야 그렇지? 안상감하고 한보람은 아무런 관련도 없지?"

"그런데 어째서 한보람과 한인총 소송에 영향을 받겠어?"

"어? 그러고 보니 그러네?"

만일 한보람의 소송 대상이 안상감이라면 새론과 노형진이 안상감에게서 사건 의뢰를 받는 건 법적으로 문제가 된다.

"하지만 지금 상황에서는 안상감은 엄밀하게 말하면 피해자야, 소송하기 위한 소송 대상이 아니라."

"아!"

안상감이 계약한 대상은 한보람이 아니라 장영아와 한인총.

"그러면 여기서 문제. 그 계약에 대해 위법 사항이 있나?"

"위법 사항이…… 없다고 보기는 애매하지만 그걸 증명할 수가 없구나!"

"정답이야."

분명 한인총은 안상감을 속여서 계약서에 사인했다. 그러니 계약서는 두 개일 것이다.

첫 번째, 정부에 보고서를 올려야 하는 입주 계약서.

다른 하나는 자기들이 그 집에 들어가야 하니 차명으로 집을 빌린다는 명의 도용에 관련된 계약서.

"그런데 후자는 명백하게 불법이지."

"아, 그러면 안상감은 한인총에 그 입주를 요구할 수 있는 거네?"

"맞아."

애초에 처음부터 불법인 계약은 효력이 없다. 즉 이 경우 명의 도용 계약, 아니 발설하지 않겠다는 각서는 아무런 효과도 발휘하지 못한다.

당연히 한인총은 그걸 증거로 내밀지도, 그렇다고 그걸 핑계로 권리를 주장할 수도 없다.

"그에 반해 안상감이 한인총과 맺은 주거지 지원 계약은 효과가 있지."

물론 그곳에 한보람의 집의 주소를 명확하게 적어 놨다면 관리 관계가 복잡해질 수도 있었을 거다. 그런 경우 한보람과의 소송의 영향을 받으니까.

"하지만 한인총은 그렇게 안 했단 말이지."

한인총은 안상감의 주거 지원 계약서와 함께 한보람의 집에 대한 계약서를 같이 제출하는 식으로 주소를 특정한 거지, 안상감에게 그 주소로 들어가게 될 거라는 이야기를 계약서에 적지는 않았다.

"그런 경우 당연히 안상감은 계약에 따라 다른 주거지를 요구할 수 있게 되는 거지."

왜냐하면 안상감과 한인총의 계약서는 법적으로 아무런 문제가 없기 때문이다. 정부 지원에 대한 계약이고, 그들은 안상감이 전과 8범의 사기범이라는 사실도 알고 있었으니까.

"그러면 우리가 그걸 물고 늘어지면 한인총은 이러지도 저러지도 못하는 셈이구나."

안상감과의 명의 도용에 관한 각서를 내밀면 자기들이 범죄를 저질렀다는 걸 인정하는 꼴이고, 그걸 안 내밀면 계약대로 안상감에게 집을 구해 주거나 계약 불이행으로 인한 손해배상을 해 줘야 한다.

"그런데 이런 사람들이 한둘이 아니잖아?"

오늘 찾아온 게 안상감일 뿐 이런 계약서는 무려 열 장이
넘게 들어왔다.

"그리고 이런 일에는 대체제가 필요한 법이지, 후후후."

그리고 그게 한인총을 무너트릴 최후의 카드였다.

이 한 몸 누일 곳

안상감을 비롯한 범죄자들의 한인총에 대한 고소.

그걸 받은 장영아는 곤혹스러움을 감출 수가 없었다.

"이거 어쩔 겁니까? 네?"

장영아가 당황하는 것과 별개로 한득거는, 아니 그 아래 패거리는 이 기회를 놓치지 않을 생각이었다.

어차피 자기들이 전권을 잡자 다른 파벌의 사람들을 동티모르로 보내려고 했던 놈들이다. 그런 놈들과 손잡고 정부와 싸운다?

그럴 이유도 없고 의미도 없다. 어찌어찌 이긴다고 해도 다시 다른 파벌의 사람들을 동티모르로 보내려고 할 테니까.

"우리가 싸울 일이 아니에요. 일단은 대정부 저항을……."

"뭔 놈의 저항입니까? 우리보고 다 독박 쓰라고 한 게 당신인데!"

승자가 모든 걸 독식하고 패자에게 모든 걸 뒤집어씌우는 건 역사에서는 흔한 일이다. 그러나 흔하다고 해서 그걸 당한 당사자의 기분이 좋을 리는 없었다.

"그래서 뭐, 어쩌라고?"

"하나가 되어 협동을……."

"지랄하지 말고!"

이미 틀어진 사이, 그리고 갈가리 찢어진 믿음.

그 상황에서 한득거, 아니 그뿐만 아니라 패배했던 파벌이 장영아 파벌을 편들어 줄 리가 없었다.

"우리는 모르겠으니까 알아서 해."

결국 화가 난 한득거는 아예 반말하면서 선을 그었다. 그러자 다급해진 것은 다름 아닌 장영아였다.

"이봐요, 한 부회장!"

"아, 몰라. 네가 싸지른 똥을 왜 내가 책임지는데?"

장영아는 그제야 인정할 수밖에 없었다, 자신이 코너에 몰렸다는 걸.

"알겠어요."

억울하고 미칠 것 같았다.

'젠장, 미래가 코앞이었는데.'

한인총의 힘으로 국회의원이 되어서 먼 미래 대선까지 도

전하는 것. 그게 그녀의 꿈이었다. 하지만 이제는 그럴 기회가 없었다.

'아니야. 일단은 살아남자. 저 멍청한 놈에게 뒤집어씌우자.'

억울하고 아깝지만 방법은 하나뿐이었다. 자신이 일단 여기서 물러나는 것.

'저 멍청이는 어차피 오래 못해.'

장영아가 승리할 수 있었던 것. 그건 상대적으로 한득거가 멍청하기 때문이다. 욕심이 과하지만 그렇다고 해서 제대로 된 작전을 짤 정도의 능력은 안되는 게 바로 한득거였다.

'이번만 물러나자.'

십 보 전진을 위한 일 보 후퇴. 장영아는 그렇게 생각하면서 한득거에게 손을 내밀었다.

"물러날게요."

"뭐?"

"이번 일이 정리되면 내가 물러나 줄 테니까 당신이 회장이 돼요. 그러니까 이번 한 번만 도와줘요."

그 말에 한득거의 눈에서 광기가 번뜩거렸다.

"그 말, 사실이지?"

"각서라도 써 줄게요."

'물론 그 자리에 당신을 계속 둔다는 소리는 안 하지만 말이지.'

조금만 시간이 지나면 한득거를 몰아내고 다시 회장이 될 수 있을 거다. 장영아는 그렇게 확신했다.

"그러니까 이번만 도와줘요. 제발."

이번 문제만 해결하면 다시 기회를 잡을 수 있다는 생각에 장영아는 한득거에게 빌었고, 한득거는 그 말에 귀가 솔깃했다.

"좋아. 각서 써. 그러면 내가 도와주지."

'흐흐흐, 내가 미쳤다고 널 가만두겠냐. 내가 회장이 되는 순간 넌 동티모르행이다.'

"좋아요. 각서를 쓰지요."

그렇게 두 사람은 각자의 본심을 감춘 채로 각서에 사인했고, 그렇게 서로를 보면서 미소를 지었다.

⚖️

–한인총에서는 정부에서는 인권 탄압을 즉시 멈추고 대국민 사과를 요구하는 한편 해외교도소에 대한 정책이 인권침해라며 인권위원회에 제소하기로 했습니다.

"어찌 생각하나?"

송정한은 뉴스를 보다가 노형진에게 물었다.

"예상했던 겁니다. 지금 상황에서 한인총은 자기들의 정당성을 주장할 수 없을 테니까요."

"하긴 그건 그렇지."

"그리고 그럴 때마다 가장 잘 먹히는 방법이 바로 메신저를 공격하는 거죠."

자기들이 범죄자를 편들어 주고, 그 과정에서 정부의 돈을 빼돌리고, 심지어 그 과정에서 명의까지 도용했다는 사실을 한인총은 감출 수가 없었다.

"그런데 용케 그게 언론에는 안 나가고 있단 말이죠. 아마 미친 듯이 돈 좀 뿌리고 있을 겁니다."

그렇지 않다면 이렇듯 언론이 조용할 리가 없다.

"중요한 건 언론에 진실을 감춘다고 해도 정부의 감사를 막는 건 전혀 다른 문제란 말이죠."

"그래서 정부를 공격한다 이건가?"

"네, 메시지를 공격할 방법은 없으니까요."

동티모르 교도소는 두 가지 교도소로 구분된다.

첫 번째는 갱생형 교도소.

그곳에 가는 것은 자의에 의해 보내지는 선택 사항이다. 어찌 되었건 갱생형 교도소는 한국의 교도소보다 시설이 좋고 갱생을 위한 커리큘럼이 잘 짜여 있으니까 진짜로 갱생을 원하거나 반성하는 사람들에게는 나쁘지 않은 선택지다.

두 번째는 미국식의 슈퍼맥스급 교도소.

더 이상 갱생의 여지가 없거나 그 가능성이 낮은 15년 형 이상의 형량을 받는 강력범들.

미국도 아니고 한국에서 15년 형 이상을 받기 위해서는 거의 일가족 참살 수준의 범죄를 저질러야 한다. 아니면 전과가 그 이전에 최소한 5범 이상이 강력 전과가 있든가.

그리고 그런 놈들에게는 인권이란 사치다. 그런 놈들은 밖으로 나오면 또다시 사람을 죽이거나 범죄를 저지르려고 할 테니까.

"어느 쪽이든 인권 이야기할 곳은 아닌데 말이지."

갱생형 교도소에는 그들이 원하던 대로 에어컨에 상담실에 심지어 노래방까지 있다. 진짜로 갱생을 위한 시설이니까.

그런데 인권침해라니.

"그 새끼들은 범죄자들을 30평 호텔에다가 넣어 두고 매끼 5성급 요리를 대접해도 인권침해라고 지랄 발광할 겁니다."

"하긴, 핑계니까 말이지."

절대로 그런 놈들은 죄수들보다 못 먹는 병사들의 인권에는 관심이 없다. 왜냐하면 병사들에 대한 인권을 챙겨서 생기는 돈이 없으니까.

"그래서, 마지막 계획을 발표할 시점이라고 했지?"

"네. 뭐, 저쪽에서 한꺼번에 물어뜯는 건 계획에 없었지만요."

사실 그간 충분히 공들여 두고 서로 뜯어먹게 하기 위해 미끼를 던졌기에 당연히 서로 싸울 거라 생각했지, 이렇게 최후에 저항할 거라고는 생각 못 했다.

"뭐, 그런다고 해서 최종 계획이 바뀌는 건 아니지요."

그들의 최후의 발악이 무의미하게도 이미 최종 작업을 위한 모든 준비가 완료된 상황.

"다만 이번 기회에 장기 계획을 세우기는 해야 할 겁니다."

"어떤 장기 계획 말인가?"

"죄수들의 출소 이후의 주거 문제요. 점점 이 문제가 심각해질 겁니다. 특히 강력 범죄나 성범죄자 문제도 그렇고요."

"끄응, 하긴 그건 그렇지. 법대로라면 나 몰라라 하는 게 사실이지만."

"하지만 그게 더 큰 악순환이 되는 거죠."

나가 봐야 생활도 안 되고 사람들과 섞여서 사는 게 불가능하다. 그렇다 보니 더더욱 범죄자들끼리 모여 살게 된다.

"교도소를 달리 학교라 부르는 게 아니지."

인맥이 만들어지고 범죄 스킬을 배울 수 있는 곳이다 보니 속칭 '학교'가 되어 버린 교도소.

"그런 의미에서 말입니다, 한 가지 방법이 있습니다."

"방법?"

"공장을 세우죠."

"공장? 무슨 공장 말인가?"

"가령 요소수 공장 같은 거 말입니다."

"요소수 공장?"

"기억하시죠? 중국발 요소수 대란."

"아, 기억하지."

"그게 또 벌어질 수도 있습니다."

그 말에 순간 송정한은 흠칫했다. 자신이 대통령인 시점에 벌어진 일은 아니지만 그렇다고 해서 무시할 일도 아니었다.

요소수는 한국에서 경유차에 쓰기 위해서는 필수적인 물질이다. 그런데 그런 요소수를 생산하는 공장은 한국에 없다.

왜냐하면 단가가 맞지 않기 때문이다. 그래서 전량 수입을 하는데 그곳이 보통 중국이었다.

"확실히 그때 한국이 뒤집혔지."

그 당시에 중국은 자국 내 비료 생산을 이유로 요소의 수출을 통제했다. 그런데 이 요소라는 게 바로 요소수의 원재료다.

그 결과 한국은 요소수를 사 오지 못해서 차량들이 운행하지 못하는 꼴이 되었다.

"그리고 아시겠지만 그 당시에 러시아로부터 막대한 요소수를 수입해 왔죠."

"그랬지."

"그런데 그 후에 상황이 나아졌습니다만."

"으음……."

그 말에 송정한은 심각한 얼굴이 되었다. 그도 그럴 게 이제 그 방법은 못 쓰니까.

중국은 요소수를 통제함으로써 한국의 물류를 멈출 수 있다는 사실을 알아채 버렸다. 문제는 중국이라는 나라가 그걸 이용하고도 남는다는 거다.

이것이 법이다

국제적 질서? 정당한 거래?

그런 걸 기대하기에 중국의 패권에 대한 욕심은 아주 심각하다.

"그런데 이제는 러시아에서 요소수를 수입할 수조차도 없습니다."

러시아는 전쟁 중이고 그 때문에 경제제재를 받고 있다. 그래서 그곳에서 요소수를 수입할 수가 없다.

아무리 노형진의 노력으로 나름의 중립을 지키고 있다지만 그건 무기를 양쪽에 공급하지 않는 거지, 미국의 경제제재를 무시하고 러시아에 돈을 줄 핑계가 되지는 못한다.

"설사 시간이 지난다고 해도 무시할 수는 없게 되었죠."

"그렇지. 러시아는 중국의 혈맹이니까."

이번 러시아-우크라이나 전쟁으로 인해 러시아와 미국 그리고 유럽은 돌이킬 수 없는 강을 건넜다. 그 상황에서 만일 중국이 한국의 요소수를 통제하면 러시아는 거기에 동참하면 동참했지, 중국과 거리를 두고 한국을 도우려고는 안 할 거다.

"문제는 그런 장비들이나 물건들이 좀 있다는 거죠."

요소수가 기술이 필요한 것도 아니고 그렇다고 해서 아주 비싼 것도 아니다. 그럼에도 불구하고 한국에서 없는 이유는 간단하다.

돈이 상대적으로 안 되니까.

요소수의 가격이 워낙 싸다 보니 한국에서 만들어서 수익을 내는 데에는 한계가 있어서 모조리 문을 닫은 것이다.

"그런 걸 정부 차원에서 운영하자는 겁니다."

"정부 차원에서 운영?"

"어차피 공짜 노동력 아닙니까?"

그 말에 송정한은 눈을 찡그렸다.

"하지만 노역은……."

"네, 노역을 시킬 때 대상을 잘 골라야지요. 그리고 어차피 노역을 안 시키는 것도 아니고."

"흠."

확실히 교도소에서 노역을 통해 생산하는 것이 한둘이 아니다. 하지만 거의 절대다수는 안 팔리고 돈도 안 된다.

미국처럼 죄수들을 이용해서 공짜 노동력으로 쓰는 게 아니라 어찌 되었건 최저임금을 주고 그 돈을 교도소에서 어느 정도 쓸 수 있게 해 주기 때문이다.

"돈이 안 되지만 절대적인 사업은 그것만이 아니죠."

그나마 요소수는 그저 극히 일부지만, 그 외에도 돈이 안 된다는 이유로 중국에서 수입하는 물건이 한둘이 아니다.

"지금 요소수도 마찬가지입니다. 결국 그 사건으로 수입의 다변화 어쩌고저쩌고했지만 지금은 어떤지 아십니까?"

"글쎄? 그 후에는 잘 모르겠군."

"옛날보다 더 중국 의존도가 높아졌습니다. 현시점에 요소수 수입량의 91%가 중국산입니다."

"뭐? 그렇게 늘었다고?"

"네, 정부에서 요구만 하고 일을 안 하니까요."

정부에서 '수입 다변화를 하세요.'라면서 뭔가 지원해 주는 것도 아니고 그렇다고 돈을 주는 것도 아니고, 그냥 각 업체에 명령을 하달하는 구조.

처음에는 기업도 그 명령에 따라 움직이지만 그 통제가 조금이라도 약해지면 자연스럽게 그 수익을 따라가게 된다.

"처음에는 다른 나라들에서 많이 수입했죠."

러시아나 베트남 등에서 말이다. 하지만 러시아가 막히고 베트남은 생산량에 한계가 있고 설사 수입해서 판매를 해도 중국산에 비해 수익이 적자 자연스럽게 중국으로 다시 기대고 있는 것.

"더군다나 이 요소수 대란의 경우는 이제 쉽게 해결도 못합니다."

"어째서 그러나?"

"요소수를 만들 때는 요소가 들어가는데, 요소를 만들기 위해 가장 많이 쓰는 게 바로 석탄과 천연가스입니다."

"끙."

그 말에 송정한은 한숨이 나왔다. 왜냐하면 석탄과 천연가스를 가장 많이 팔던 나라가 바로 러시아니까. 그런데 그게 통제되는 상황.

"그 말은?"

"네, 난방도 못 하는데 그걸로 요소를 만드는 게 쉽지 않다는 거죠."

물론 나프타라는 재료로 만들 수도 있다. 한국도 나프타를 재료로 요소를 만들기는 한다.

하지만 나프타도 결국 그러한 자원을 가공해서 만드는 거고 심지어 해외에서 수입하는 물건이다.

"어차피 이제 인구가 줄어서 텅텅 빈 지역은 넘쳐 납니다. 당장 청송만 해도 추가 교도소를 만들어 달라고 하지 않습니까?"

"그렇지."

사람이 없으니까, 그래서 도시가 소멸 직전이니까 차라리 교도소라도 하나 더 넣어 달라고 청송은 주장하고 있다. 그런데 웃긴 건 청송은 그나마 다른 지역보다는 좀 더 낫다는 거다.

"그러니까 누구도 하지 않을 거라면 정부가 해야 합니다."

"공사라는 건가? 하긴, 공사라는 개념이 원래 그런 거지."

공사라는 개념이 원래 정부에서 수익 문제로 전담할 수 없는 문제를 해결하기 위해 정부와 민간이 공동으로 만드는 개념이다.

지금이야 공사도 무조건 수익을 내야 한다고 난리법석이지만 사실 공사는 수익과 별도로 계속 운영해야 한다.

수익이 나면 좋지만, 그 수익 때문에 아무도 운영하지 않는 경우 시스템이 붕괴되거나 그 수익을 목적으로 이용료가 미친 듯이 오르기 때문이다.

가령 고속도로를 민간에서 짓고 관리한다면 어떻게 될까? 아마 고속도로를 한 번 타는 데 10만 원씩 할 거다.

설마라고 하기에는 전 세계에 그런 사례가 넘치고, 당장 옆에 있는 일본만 봐도 좀 먼 거리를 움직이면 고속도로비가 10만 원을 훌쩍 넘는다.

"수익을 포기하고 말 그대로 비상 상황을 유지할 수 있는 조직을 만든다라……."

"네, 맞습니다. 물론 수익이 나면 좋지요."

노형진의 말에 송정한은 고개를 끄덕거렸다.

"거기에서 죄수들을 근무시키고 출소 후에 일할 수 있게 만들자는 거군."

"맞습니다."

노형진의 말을 들은 송정한은 이해한다는 듯 고개를 끄덕거렸다. 최소한 자기가 먹고살 방법이 있다면 갱생의 여지가 있는 사람들은 더 이상 범죄를 저지르려고 하지 않을 거다.

"그건 장기 플랜으로 짜 봐야겠군."

"쉽지는 않을 겁니다."

어떤 도시도 자기 도시에 범죄자들이 정착하는 걸 원하지는 않을 테니까.

"하지만 아시죠, 결국 갱생이 되는 놈들과 안 되는 놈들은 구분해서 대응해야 한다는 건?"

"알고 있네."

대룡에서도 가출 청소년을 위한 학교를 운영하고 있고, 그곳을 졸업하면 대룡의 공장에서 근무할 수 있게 해 주고 있지만 모든 가출 청소년들이 거기서 올바르게 살아가는 게 아니다.

집안의 고통과 가난을 피해서 온 가출 청소년 중 누군가는 그곳에서 훌륭하게 자라 성인이 되기도 하지만, 누군가는 그곳에서도 범죄를 저지르고 결국 교도소로 끌려가기도 한다.

"일단 그 부분은 장기 플랜으로 두고 급한 건 한인총부터 처리하죠."

"그래, 최종 방법이 뭔가? 역시 감사하는 건가?"

"물론 그것도 방법이죠. 하지만 더 좋은 방법이 있습니다."

"더 좋은 방법?"

"새로운 집단을 뽑는 거죠."

"새로운 집단을 뽑자고?"

"네, 저놈들이 손잡은 이유는 간단합니다. 바로 이권 때문입니다."

이미 정부에서 받은 이권을 유지하기 위해서다.

"제가 국민들이 그들을 공격하게 한 건 사실 감사 때문은 아니죠."

서세영에게 말했듯이 감사하는 압박은 국민의 의견과는

상관없이 법과 원칙에 따라 행해야 한다.

"하지만 새로운 민간 인권 단체를 뽑는 건 다른 문제죠. 더군다나 한인총은 자기들이 권유받은 걸 거절하고 심지어 소송까지 불사하고 있으니까요."

감사를 마음대로 할 수 없는데 감사가 필요할 정도로 의심되는 조직이 있는 경우, 그 조직을 대신해서 새로운 조직을 뽑는 건 불법이 아니다.

"하지만 자네 계획하고 다르게 한인총이 안 찢어지던데?"

"안 찢어지면 찢으면 그만입니다."

노형진은 별거 아니라는 듯 피식 웃으며 말했다.

"이권 때문에 울며 겨자 먹기로 붙어 있는 모양이지만요."

하지만 안다, 그러한 얄팍한 기대감은 보이는 공포보다 약하다는 걸.

"계획을 아주 살짝만 바꾸면 됩니다."

"살짝만? 그러면 된다고?"

"네, 그거면 됩니다. 아마 자기들이 줄을 잘못 섰다는 사실을 조만간 알게 될 겁니다, 후후후."

⚖️

안상감을 비롯한 범죄자들은 노형진의 의뢰에 따라 민사소송을 걸었다. 당연히 장영아는 다급하게 변호사를 사서 대응하려고 했다.

물론 그것도 새론에서 대응할 것이긴 하지만 굳이 노형진이 나서서 그 소송을 대응하지는 않았다. 왜냐하면 계약서가 너무 잘 작성되어 있는 데다 증거가 넘쳐서 지려야 질 수가 없었기 때문이다.

그래서 다른 방식으로 한인총을 압박하기로 했다.

"뭐야? 이 씨팔. 뭐야? 당신들 누구냐고!"

한득거는 몰려온 사람들을 보면서 목소리를 높였다.

"지금부터 가압류를 시작하겠습니다."

법원에서 나온 가압류결정서를 보여 준 압류관은 주저하지 않고 한득거가 운영하는 사무실의 집기에 딱지를 덕지덕지 붙이기 시작했다.

"대표님, 큰일 났어요. 저희 보증금이 압류되었다고 주인한테서 연락이……."

다급하게 사무실 안으로 들어오던 직원은 압류관이 사무실 집기란 집기에 딱지를 붙이는 모습을 보고는 그대로 얼어붙었다.

"당신은 뭐 하는 거야!"

당연하게도 이 날벼락에 한득거는 눈을 크게 뜨고 항의할 수밖에 없었다. 당장이라도 노형진을 때려죽이고 싶은 눈치였다.

물론 노형진은 그걸 눈도 깜짝 안 했다.

"소장 안 받아 보셨어요?"

"뭐?"

"소장이요."

"무슨 소장?"

"이런 이런."

노형진은 그 말에 피식하고 비웃음을 날렸다.

"위에서 빼돌렸나 보네."

"위에서 빼돌리다니? 뭘? 소장을?"

"네, 분명히 법원 결정문이 날아갔을 텐데."

노형진은 고개를 절레절레 흔들며 말했다.

"법원의 결정에 따라 압류하는 것뿐입니다."

"내 사무실을?"

"네, 문제 있으면 이의신청을 하셨어야지요. 하지만 안 하셨잖아요."

그 말에 순간 한득거는 한 여자의 모습이 머릿속을 스치고 지나갔다. 바로 평소에 무식하다면서 자신을 무시하던 장영아.

"이 개 같은 년이!"

장영아라면 뭐가 날아오든 그걸 감추고도 남을 거다. 자기들이 뭘 하든 뒤통수를 치려 할 테고 말이다.

"씨팔, 죽여 버리겠어!"

한득거는 눈이 돌아가서 밖으로 튀어 나갔다. 그러고는 그걸 보면서 노형진은 피식 웃었다.

"멍청하긴, 후후후. 너희들이 아무리 발광해 봤자 결국 부처님 손바닥 안이지, 뭐."

그들이 어떤 조건으로 다시 손잡았는지는 모른다. 하지만 그들의 얄팍한 믿음 따위 깨부수는 건 어렵지 않았다.

"뭐 해요? 진행하세요."

"네? 하지만 이거 진행해도 되겠습니까?"

가압류를 진행하던 압류관이 떨떠름한 얼굴로 물었다.

"네, 그대로 진행하세요. 뭐, 문제가 있으면 나중에 풀겠죠, 뭐."

그 말에 압류관은 고개를 끄덕거리면서 딱지 뭉치를 들었다.

"그러면 바로 진행하겠습니다."

그리고 직원들은 그런 압류관을 막지 못한 채로 멍하니 바라볼 뿐이었다.

⚖️

노형진의 함정은 아주 간단했다. 바로 안상감을 비롯해서 소송한 사람들의 명의로 가압류를 거는 것.

애초에 계약을 위반한 건 한인총이었기에 그건 어렵지 않았다. 다만 함정은 바로 압류 장소였다.

한인총은 한국인권총연맹의 약자. 당연하게도 그 아래에는 수많은 지부들이 있어야 한다. '연맹'이니까.

그리고 그들은 자신들의 홈페이지에 그 지부들의 주소를 나열해 두었다. 그래야 자기 세력이 커 보이니까.

　물론 그건 속임수다. 자칭 인권 운동가들이 정치적 목적으로 자기 명의로 수십 개의 인권 운동 단체를 만들고 명함을 수십 개씩 들고 다니고 있다 해도 사무실은 단 한 개뿐이다.

　그 단체마다 개별 사무실을 이용해서 다 등록하고 운영할 정도로 돈이 넘친다면 정부의 지원을 받을 이유가 없을 테니까.

　그건 한인총도 마찬가지. 아무리 뭉쳤다지만 그들이 모든 장소에 그에 맞는 사무실을 만들고 단체를 운영하는 건 무리였다. 더군다나 이권을 목적으로 뭉친 만큼 딱히 활동하지 않는 시점에서는 더더욱 그렇다.

　그리고 노형진이 노린 게 바로 그 부분이었다.

　한득거의 사무실 역시 홈페이지에는 한국인권총연맹의 지부 사무실로 명시되어 있다.

　그리고 그곳에 대해 법원에 압류를 신청하면 당연히 법원은 허락할 수밖에 없다. 왜냐, 공식적으로 거기는 한인총의 지부 사무실이니까 압류 대상이 될 수밖에 없기 때문이다.

　가령 누군가가 대룡에게 압류를 걸 때 그 압류 대상은 본사일 수도 있지만 대룡의 부산 사무실이 될 수도 있다.

　중요한 건 압류 대상이 어디에 속해 있느냐는 거지 위치가 아니니까. 노형진은 딱 그 부분을 노렸다.

　압류 대상을 장영아의 반대 패거리이자 경쟁자인 한득거

의 사무실로 올렸고 장영아는 그걸 자기가 아는 사무실이 아니니까 무심하게 넘겨 버렸다.

그리고 갑자기 그런 압류를 당하게 된 한득거는 갑자기 자기 전 재산을 털리게 생긴 상황이었다.

집기로는 부족해서 자신의 보증금까지 압류되었으니까.

"끄응."

"변호사님, 이거 어떻게 안 됩니까?"

"안 될 것 같은데요."

한득거는 장영아를 찾아가서 한판 뒤집었다. 그러나 장영아는 자기는 아무것도 모른다는 소리만 할 뿐 미안하다는 소리도 하지 않았다. 그리고 자기가 이기면 다 되찾을 수 있다는 소리만 찍찍 했다.

그랬기에 한득거는 어쩔 수 없이 상담하기 위해 변호사를 찾을 수밖에 없었다.

"해당 주소지가 일단 한인총 지점으로 되어 있잖아요. 그러면 이 경우에는 가압류에 아무런 문제도 없습니다."

"네? 하지만 거기는 한인총이랑 아무런 관련도 없다고요!"

심지어 관련된 일을 한 적도 없고 서류 한 장조차 존재하지 않는다. 그저 세력 늘리기용으로 주소만 홈페이지에 등록했을 뿐이다.

"네, 저도 말씀하셔서 알고 있습니다."

"그 뭐냐, 이의신청? 그런 게 있다고 들었는데요."

그 말에 변호사는 고개를 절레절레 흔들었다.

"이의신청을 한다고 해도 안 먹힐 겁니다."

"네? 어째서요?"

"등록이 되어 있으니까요."

대놓고 '한인총의 지부입니다.'라고 밝히고 있는데 이의신청을 한다고 한들 마음대로 바꿀 수는 없다.

"이의신청을 했다고 해도 말입니다, 일단 지점인 건 사실이잖습니까?"

"명의만 올린 거라니까요!"

"한국에서는 명의를 빌려주면 그 책임도 져야 합니다."

그 말에 한득거의 얼굴은 사색이 되었다. 이러다 진짜 전 재산을 다 빼앗기게 생겼으니까.

"그 노형진인가 하는 그 변호사가 그렇게나 무서운 겁니까?"

"무섭다라……. 아니요. 이건 노형진의 파워와는 상관없습니다. 법의 원칙이 그래요."

가압류는 정상적으로 이루어졌으니 그걸 풀기 위해서는 이 가압류가 부당하다는 걸 이제 한득거가 증명해야 한다.

"더군다나 이건 한인총과 관련된 소송입니다."

"그래서요?"

"그러면 그 소송의 주체는 한인총의 대표성을 가진 장영아 회장입니다. 아니면 하다못해 장영아 회장이나 이사회에서 인정한 대리인이 나오든가요. 그런데 그 한득거 씨의 경우는 부회장입니다."

"그래서요?"

"부회장의 자리는 애매하죠."

어느 곳에서는 어떤 결정을 할지, 어느 정도의 권력을 가질지에 대한 규정이 애매하다. 실제로도 어느 조직이나 2인자라는 자리는 애매한 자리인 경우가 많다.

결정권자라고 하기에는 상부에 1인자가 있고, 애초에 부회장급에서 결정하는 건 1인자도 알아야 하는 사항이다.

그렇다고 실무진이나 실권자로 보기도 힘들다.

"그나마 기업들은 어느 정도 시스템이 갖춰져 있죠. 그런데 그간 한인총의 시스템은 모든 결정권이 부회장님이 아닌 장영아 회장님에게 있는 걸로 보이거든요. 그래서 부회장님의 대리권이 인정되기 힘듭니다."

"제가 대리를 못 한다고요? 제 재산이라니까요!"

"그거야 한득거 씨의 주장이고요. 그리고 손해배상이나 돈을 빼돌리는 것을 차명으로 하는 경우가 워낙 많아서 그 주장만으로는 인정 안 될 겁니다."

"하지만 그건 제가 꾸린 사무실이고 제가 돈 주고 빌린 거라니까요!"

"그걸 빌려준 건지, 아니면 증여한 건지를 알 수 없잖습니까?"

"그게 무슨 말입니까?"

"일단 관리 책임이 한인총에 넘어간 이상 우선권은 한인총에 있다는 겁니다. 당연히 이의신청을 하기 위해서는 한인총의 회장인 장영아의 승인이 필요하고요."

그 말에 한득거의 눈이 광기로 미쳐 돌아가 버렸다. 자신이 평생에 걸쳐 이룩한 걸 아무것도 못 하고 그대로 빼앗기게 생겼으니까.

'설마 그 개년이?'

생각해 보면 어찌 보면 당연한 거다. 머리 좋은 년이 아무 이유도 없이 자신에게 회장 자리를 줄 리가 없으니까.

물론 장영아의 계획은 다른 계획이었지만 일단 처맞기, 아니 그렇게 믿기 시작하면 모든 게 의심스럽기 마련이었다.

"그 개 같은 년이 그걸 승인해 줄 리가 없습니다!"

장영아는 자기는 몰랐다고 딱 잡아떼고 있지만 최소한 가압류 통지서가 날아왔을 때 알았을 가능성이 있다.

아니, 알 수밖에 없다. 가압류라는 게 어느 회사를 전부 압류하는 게 아니라 압류할 주소지를 명확히 기재하도록 되어 있으니까.

가령 A회사를 압류한다면 A회사의 어느 지점 또는 어디라고 확실하게 고지해야 하지, A회사라고 고지하면 법원의 승인이 안 나온다.

그 말은 즉, 그의 주소지로 압류가 들어온다는 걸 장영아는 알고 있을 수밖에 없다는 거다.

"당연히 그럴 겁니다. 애초에 인정한다고 해도 문제가 되고요."

"네?"

"그렇지 않습니까? 자기 사무실도 아닌데 사무실이라고
한 셈이니까요."

"끄응, 그러면 어떻게 해야 합니까?"

한득거는 마음이 급했다. 상황이 이렇게 될 줄은 몰랐으니까.

미래? 회장 자리? 그건 중요한 게 아니었다. 지금 망해서
길바닥에 나앉게 생겼다.

그리고 그가 망해서 길바닥에 나앉으면 같은 파벌의 사람
들이 그를 밀어줄까?

아니다. 다른 제3자를 밀어줄 거다.

2등인 한득거가 끊임없이 1등인 장영아의 자리를 노리듯
이, 3등이나 4등도 기회만 되면 자신을 재끼고 자신의 자리
를 차지하고 싶어 하고 있으니까.

"방법이 없는 건 아닌데요."

"진짭니까? 제발 방법을 알려 주세요!"

"그 한인총을 탈퇴하셔야 합니다."

"한인총을 탈퇴하라고요?"

"네."

변호사는 아주 진중한 목소리로 말했다.

"일단 거기에서 탈퇴하면 말입니다, 이의신청을 할 권리
가 생깁니다."

한인총 소속도, 장영아의 부하도 아니게 되니까 당연히 이의신청을 할 수 있게 된다.

"그리고 탈퇴하게 되면 당연히 그 재산에 대한 내역도 그쪽에서 삭제되거든요."

그렇게 되면 자연스럽게 한인총에 청구된 압류에서 벗어나게 된다. 그 시점에서 그 재산이 아니게 되니까.

"물론 저쪽에서도 소송해서 계속 압류를 유지할 수도 있겠습니다만."

그런 식으로 분할한다고 해도 모두 다 가압류를 풀어 준다면 개나 소나 분할할 거다.

"하지만 말씀하신 대로 한득거 씨가 한인총에 들어가실 때 그 재산을 가지고 들어가신 거라면 소유권이 달라지는 거죠. 정확하게는 그 권리 대상이 달라지는 겁니다."

"권리 대상이요?"

"지금 압류된 이유는 한득거 씨가 부회장이며 거기다 지부라고 되어 있어서 아닙니까?"

하지만 한득거가 더 이상 부회장이 아니고, 해당 지점이 지부가 아니면 재판할 때 한인총의 소유권이 인정될 리가 없다.

"그러면?"

"네, 그러면 풀 수 있습니다."

그 말에 한득거는 이를 꽉 깨물었다. 아까웠다. 조금만 더 한인총에 있었다면, 어쩌면 회장이 될지도 몰랐다.

'아니야. 그럴 리가 없어.'

그렇게 될지도 모른다. 하지만 생각해 보면 장영아가 그냥 그걸 두고 보지도 않을 거다. 당장 압류된다는 사실도 자신에게 알려 줄 만하건만 모른 척한 게 장영아 아니던가?

"그러면 탈퇴하겠습니다. 그다음을 잘 부탁드립니다."

"탈퇴 후에 이의신청을 하면 가압류는 어렵지 않게 풀릴 겁니다."

결국 한득거는 한인총을 떠나기로 마음먹었다.

⚖️

미래를 위해 현재를 인내하라.

그건 모두들 아는 사실이며 틀린 것이 아니다. 실제로 그러한 인내 없이 뭔가가 이루어지는 경우는 없으니까.

하지만 한득거에게 미래에 한인총의 회장 자리를 줄 테니 모든 걸 포기하고 인내하라는 건 말 그대로 개소리였다.

오랜 정치 경험상 한득거는 그렇게 되면 자신이 모든 걸 잃게 된다는 걸 알고 있었기 때문이다.

"한인총에서 내분이 벌어진 모양이더군."

"벌써 아십니까? 설마 내부 정보원이라도 넣어 두신 겁니까? 아니면 국가안보원?"

"그럴 리가 있나. 내가 그런 걸 할 이유도 없었다네. 그 압류된 곳에서 탈퇴했다고 이의신청을 하고 있거든. 그런데 한 두 곳이 아니던데?"

"그럴 겁니다. 그들도 바보는 아닐 테니까요."

노형진은 압류와 손해배상을 할 때 한인총의 내부의 공식적인 본사로 취급되는 장영아 사무실이 아니라 다른 곳에만 가압류를 걸었다. 명의를 빌려준 사람들이 한둘이 아니었기에 그런 행동은 어렵지 않았다.

"자신의 재산을 지키기 위해서라도 그들은 탈퇴할 수밖에 없죠."

"그러겠지."

"그리고 다른 파벌이 그 사실을 모를 리가 없고요."

애초에 노형진이 가압류를 건 파벌들은 한인총 내부에서 나름 모가지에 힘 좀 쓰는, 소위 말하는 주류에 속한 파벌일 것이다.

그런데 그런 곳이 너도나도 탈퇴하는 꼴을 보면서 과연 다른 파벌이나 다른 자칭 인권 운동가들은 무슨 생각을 할까?

"바보가 아닌 이상에야 여기는 이제 끝났다고 생각하겠지."

"맞습니다."

그리고 그렇게 해체되기 시작한 한인총에 대해 제대로 된 정부의 지원이나 운영을 기대하기도 힘들 수밖에 없다.

"더군다나 감사도 마찬가지죠."

한인총이 뭉쳐서 송정한에게 이의신청을 하면서 결사 항

쟁을 외쳤지만 그렇다고 해서 그들이 진정으로 하나 되어 싸울까? 그럴 리가 없다.

"이제 슬슬 감사하면 되겠군."

"네, 그리고 새로운 조직을 뽑는다고 발표하면 될 겁니다."

"새로운 조직?"

"당연하지 않습니까? 그렇게 나간 놈들이라고 해서 욕심이 없을 리가 없죠."

"그러겠지."

"그러니 자기들끼리 뭉쳐서 새로운 파벌을 만들고 또 똑같은 짓을 할 겁니다."

"그러면 한인총 출신 조직은 믿고 거르는 것도 방법이겠군."

"그러면 일하기 편해질 겁니다. 인권 운동을 하는 멀쩡한 단체는 많으니까요."

하지만 아이러니하게도 인권 운동을 순수하게 하는 단체일수록 정치력이 떨어지기에 이런 정부 지원에서 밀릴 수밖에 없다.

국회의원 한 명이라도 끼고 들어오면 받을 수 있는 수급 결정에서 순서가 확확 바뀌는 게 정부 지원금인데 정치인이나 주요 공무원에게 뇌물을 줄 돈이 없는 인권 단체는 상황이 뻔하니까.

"한인총은 이제 끝났을까?"

"그럴 리가요."

노형진은 어깨를 으쓱했다.

"그놈들은 탈퇴했다는 사실만으로 과거의 과오가 사라졌다고 믿는 모양인데, 그런 건 없죠."

과거는 사라지지 않는다.

"하지만 그렇다고 해서 내가 고발할 수는 없네. 한인총에 선을 넘고 인권 운동을 핑계로 정부 돈을 갈취하려고 한 것과 별개로 그건 상당히 곤란한 문제야."

아무리 의심스럽다고 해도 대통령이 직접 곤란하다는 것 자체가 경찰이나 사법부에 대한 가이드라인이 될 수밖에 없다.

아무리 깡이 좋은 검사나 판사라고 해도 대통령이 고소장을 제출했는데, 거기에 대놓고 무죄를 선고하는 건 부담스럽기 때문이다.

그래서 독재 국가라면 모를까, 대통령은 자신에게 온갖 음해가 이루어져도 고소하는 경우가 드물다.

실제로 법적으로도 공인은 어느 정도 욕먹는 게 용인되기도 하고 말이다.

"저희가 고발을 왜 합니까?"

"그러면?"

"한국의 선거판은 뻔하지 않습니까? 한국의 선거판에서는 내가 올바르다는 걸 증명하는 게 아니라 저 새끼가 쓰레기라는 걸 증명하는 방식을 선호하죠."

"선거판?"

송정한은 그 말에 순간 뭔 소리인가 하는 표정을 지었다가 이내 피식 웃었다.

"이해했네."

정부와 국가의 선거만이 아니다. 모든 선거판이 다 그렇다. 지역 은행장 선거, 조합장 선거, 아파트 재건축 조합장 선거 등등.

"과연 한인총 선거는 어땠을까요?"

한인총 선거에서 승리한 건 장영아다.

그런데 그런 장영아가 과연 자기 비전과 깨끗한 미래로 표를 받아서 승리했을까?

그럴 리가 없다. 만일 그런 사람이었다면 아마도 한인총은 이런 문제 없이 정당한 사회운동 단체로 정부 지원금을 받고 활동하고 있었을 거다.

"장영아는 회장입니다. 탈출을 못 하죠."

침몰하는 배와 함께 선장이 함께한다? 물론 그건 일부 선장들이 선택하는 거다.

그런데 배는 최소한 그냥 물 위에 떠 있는 거다. 거기에 올라타기만 하면 선장이든 선원이든 손님이든 공정하게 탈출할 수 있다.

"하지만 한인총은 안 됩니다."

자기가 사표를 내는 거? 불가능하다.

물론 낼 수는 있다. 하지만 그걸 처리해 줄 이사진이 이미 도망간 상황. 이사진이 없으니 사표는 효력을 발휘하지 못한다.

더군다나 죄다 도망가면 그 돈은 모두 장영아와 그 사무실 또는 패거리가 감당해야 한다.

"그리고 그런 범죄자들이 과연 혼자서 책임지고 교도소에 갈까요?"

그런 식으로 사람에게 믿음을 주면서 운영했다면 노형진이 가압류를 통해 장난쳤다고 해도 안 찢어질 거다.

"하지만 찢어졌지."

"네, 그리고 침몰하는 배에서 선장은 그들을 죽이고 싶겠죠."

그리고 그들을 죽일 수 있는 자료를, 장영아는 아주 높은 확률로 가지고 있을 게 뻔했다.

⚖️

장영아는 거의 멘탈이 박살 난 채로 노형진을 맞이할 수밖에 없었다.

승리가 코앞이었다. 그리고 조금만 더 하면 정치권에 들어갈 수 있었다. 그런데 그 모든 게 사라졌다.

"의외군요, 절 안 만날 거라고 생각했는데."

노형진은 장영아를 보면서 고개를 갸웃했다.

만나자고 전화했을 때 온갖 욕을 하면서 안 만나 줄 거라 예상했으니까.

"그러려고 했죠. 하지만 그래 봤자 내 수명만 줄일 게 뻔하죠, 이미 갑과 을이 나뉘었는데."

"호오? 그래서 저를 만나기로 하셨다?"

"변호사가 그러더군요, 살 방법이 있다고."

"살 방법이 있다고요?"

노형진은 그 말에 고개를 갸웃했다.

'그런 경우는 드문데.'

물론 그런 경우가 없는 건 아니다. 하지만 거의 대부분의 변호사는 항복하기보다는 싸우는 쪽을 선호한다. 그게 돈이 더 되니까.

사실 항복이라는 것도 전략적으로 잘 쓰면 의뢰인에게 도움이 된다. 다만 거의 절대다수의 변호사가 그 방법을 모를 뿐이다.

그런데 그런 항복을 권유할 만한 변호사가 있다라…….

"누군지 궁금하군요."

"태양의 손하균 변호사님입니다."

"손하균 변호사님이요?"

"네."

노형진은 그 말에 의심스러운 얼굴이 되었다.

'손하균이? 왜?'

그에게는 장인어른인 사람이지만 그와는 철천지원수나 마찬가지고, 설사 그게 아니라고 해도 장영아와는 급이 안 맞아서 만나서 이런 조언을 해 줄 만한 사람이 아니다.

'뭐지?'

도리어 그 상황에서 자신에게 이빨을 드러내면서 싸우자고 덤빌 사람이지.

"그분 말로는 조건을 내밀면 노 변호사가 거부할 수 없을 거라더군요."

"그래요? 그 거부할 수 없는 조건이라는 걸 들어 봅시다."

그 말에 장영아는 뭔가를 꺼내 내밀었다. 작은 USB였다.

"이게 뭡니까?"

"비공식 회의록입니다. 녹음 파일이죠."

"비공식 녹음 파일?"

"이걸 경찰에 제출하고 자수하겠습니다. 아, 물론 이게 전부는 아니에요. 다른 파일도 있죠. 그건 여기에 없습니다. 하지만 경찰에 자수하고 그것도 공개하도록 하죠."

그 말에 노형진은 장영아를 바라보았다. 그러다 한숨을 푹 쉬면서 고개를 끄덕거렸다.

"거부할 수 없는 조건이라……. 확실히 인정할 수밖에 없군요."

거부할 수 없는 조건.

물론 이따위 것이 없어도 승패는 이미 결정되었다. 경찰이 수사하면 장영아도, 한인총도 몰락한다.

'역시 손하균이라 이건가?'

노형진이 왜 이걸 거부하지 못하느냐.

간단하다. 노형진은 변호사로서 의뢰인의 최대 이익을 위해 싸워야 하기 때문이다.

노형진이 그냥 이걸 모른 척하고 소송하면 한인총과 장영아를 무너트리는 게 어렵지 않다.

하지만 그것과 별개로 의뢰인인 송정한에게는 '인권 단체를 공격한 대통령이라는 타이틀'이 어느 정도 따라붙을 수밖에 없다.

그리고 인권 단체들은 진짜든 아니든 그런 타이틀이 붙어 있는 송정한 정부와 좋은 관계를 맺으려고 하지는 않을 거다.

그에 반해 장영아가 자수하면 이들은 인권 단체가 아닌 범죄단체가 돼서 다른 인권 단체들이 도와주지 않을 테고, 송정한에게 인권 단체와 대립각을 세운 대통령이라는 오명도 생기지 않는다.

즉, 이 증거 하나만으로 송정한의 정치적 입지가 완전히 달라지기에 노형진은 변호사로서 장영아의 제안을 받아들일 수밖에 없다는 것.

"그리고 이걸 공개하면 나를 버리고 간 놈들이 공동정범이 되어서 배상 책임을 같이 진다고 하더군요."

"그건 맞습니다."

한득거를 비롯한 이탈자들이 벗어났다고 해도 압류 대상에서 벗어난 거지, 손해배상 책임에서 벗어난 건 아니다.

그저 상부의 결정에 강제로 따라간 건지, 아니면 적극적으로 동조한 건지에 따라 그 배상액이 달라질 뿐이다.

"어차피 죽을 거면 혼자는 못 죽는 타입이라서요."

장영아는 눈을 번뜩거리면서 말했다. 그리고 그걸 보면서 노형진은 쓰게 웃었다.

'한 방 먹었네.'

그렇게 되면 장영아는 다른 사람들보다 유리한 고지에 서게 된다.

한득거를 비롯한 다른 놈들과 배상 책임은 같지만 재판부에서 자수했다는 점과 증거를 자발적으로 제출한 점을 처벌 감경의 사유로 볼 테니까.

원래 처벌이 자수한 놈이 입 닥친 놈보다는 유리하기에 죄수의 딜레마 같은 게 생기는 거다.

"좋습니다. 단, 조건이 있습니다."

"조건?"

"자수할 때 공식적으로 기자회견을 할 것, 돈을 목적으로 정부를 속인 사실을 인정할 것."

"그러지요."

어차피 얼굴은 팔릴 대로 팔린 게 장영아니까.

"그렇다면 조건을 받아들이겠습니다."

노형진은 쓰게 웃으며 장영아를 바라보았다.

—이번 범죄는 일부 인권 운동가들이 정부의 지원금을 노리고 한 일입니다. 그들과 저는 정부의 지원금을 요청하였으나 최초 거절당한 후에……

"고맙기는 한데 뭔가 석연치 않군."

방송을 보면서 송정한은 쓰게 웃었다.

장영아는 약속대로 기자회견을 했다. 그리고 그러한 기자회견 덕분에 일부 인권 단체의 공격이나 패거리의 공격은 무위로 돌아갔다.

도리어 범죄자 해외 수감 계획에 대한 지지율이 높아졌다. 그런 놈들을 군이 한국에 둬야 하느냐는 생각이 퍼진 것이다.

"내가 정치적으로 유리해진 건 좋은데 손하균이 갑자기 왜 그런 선택을 했는지 모르겠군."

손하균은 항복하느니 차라리 의뢰인의 인생을 조져 버릴 사람이다. 물론 의뢰인에게 힘이 있다면 모르지만 장영아는 끝났다. 재기도 불가능할 테고 말이다. 그런데 그런 장영아를 위해 싸움이 아니라 항복을 제안하다니.

그것도 다른 사람도 아닌 노형진에게 말이다.

"뭔가 제가 모르는 게 있는 것 같은데……."

노형진은 머리를 긁적거렸다.

"그게 뭔지는 모르지만 기분이 좋지는 않네요."

　노형진은 방송에 나오는 장영아를 보면서 쓰게 웃을 수밖에 없었다.

악화가 양화를 구축하는 중

인간은 추하다.

노형진은, 아니 변호사들은 변호하다 보면 그렇게 생각하게 될 수밖에 없다.

왜냐하면 인간은 타인을 생각하지 않으니까.

타인을 짓밟고 즐기며 그 우월함을 위해 남을 세 치 혀로 죽이는 걸 너무나도 좋아한다.

하지만 반대로 인간은 선하기도 하다. 타인에 대해 공감하고 슬퍼하기도 하고 또 타인을 위해 싸워 주기도 하니까.

"하지만 이건 아무래도 내가 나서기가 좀 그래서 말이지."

유민택은 미소 짓고 있었다. 그러나 그의 미소에는 과거 같은 힘이 없었다.

"많이 늙으셨네요."

"내 나이를 생각해 보게나. 언제 죽어도 이상하지 않은 나이야."

아들의 복수를 위해, 그리고 손자인 유영민이 대를 이을 시간을 벌기 위해 악착같이 운동하고 세 달에 한 번씩 건강 검진을 받고 몸에 좋은 약과 산삼까지 구해서 먹고 있는 유민택이지만 아무리 그리고 해도 세월은 이길 수가 없었다.

복수를 부르짖으면서 자신을 배신한 자들을 찢어 죽이려고 했던 모습은 사라지고, 사람 좋은 모습으로 웃고 있는 노인이 된 유민택.

"나이를 먹으니까 말이야. 눈물이 많아지더군. 뭔가 어린 애들이 짠하기도 하고."

"그래서 이 사건에 끼어드신 겁니까? 확실히 많이 변하셨네요. 뜬금없을 정도로요."

"뜬금없다라……. 하긴 뜬금없기는 하지. 이미 끝난 인연이라지만 그래도 뭐랄까, 죄책감이랄까? 그런 게 없지는 않아."

유튭을 보는 것을 소일거리로 삼기에 유민택은 너무나 바빴기에 굳이 유튭을 보면서 사회적 정의를 부르짖을 이유가 없었다.

더군다나 사람이 유튭을 보면서 '저런 나쁜 놈'이라고 이야기하는 건 쉬워도 그 피해자에게 돈을 주는 건 어렵고 그 피해자를 대신해서 싸우겠다고 나서는 건 더 어렵다.

"하지만 말이지, 어찌 되었건 우리 대룡에 인생을 걸었던 친구가 아닌가? 이렇게 갈 친구는 아니야. 비록 데뷔를 못했지만 말이지."

"눈물이 많아졌다고 하시더니 진짜였군요."

"늙는 건 어쩔 수 없는 일 아닌가, 하하."

철혈의 대기업 회장님도 마치 안다는 듯 웃으며 동의했다.

"그나마 다행이라고 생각하네. 차라리 이렇게 변한 게 말이야."

"다행이요?"

"늙으면 현명해진다는 게 개소리인 거 알지?"

"알죠."

늙으면 현명해진다는 건 맞는 명제가 아니다. 타고나기를 현명한 사람이어야 늙으면 현명해지는 거지, 본래 개 같은 놈들은 늙어 봐야 더 개 같아질 뿐이다.

"과거에는 현명한 노인이 살아남을 수밖에 없었죠."

현명하게 삶을 살아가고 주변을 챙기고 올바른 선행을 해서 평판이 좋은 노인은 힘든 시점에 주변에서 도와줘서 살아남을 수 있었지만, 그렇지 않은 노인은 일찌감치 버려져서 제대로 된 지원도 받지 못하고 죽어 가야 했으니까.

"하지만 현대는 그게 아니란 말이지."

미친놈도, 악마도, 개새끼도 공정하게 현대 의학과 의료보험의 적용을 받으니까.

"다른 노친네처럼 아집으로 뭉치거나 피해망상이라도 생기면 얼마나 큰일인가."

"하긴, 그런 경우가 종종 있죠."

그리고 그런 노인네가 정신줄은 놓는데 정작 권력은 못 놔서 조직이나 기업이 박살 나는 경우가 생각보다 많다.

"그런 면에서 눈물이 많아지는 건 차라리 다행인 거지."

최소한 사회적으로 악행을 저질러서 지탄은 안 받으니까.

뭐, 기업을 운영할 때 물렁해지기야 하겠지만 어차피 대룡은 이제 안정기에 들어섰다. 내부 단속도 어느 정도 끝났고 후계자도 확정된 상황이다.

"그리고 정히 피를 봐야 한다면 자네가 있지 않나?"

노형진은 그 말에 피식 웃으며 말했다.

"그 말씀이 이번에는 피를 보고 싶다는 의미로 들리는데요?"

"그랬으면 하네. 이놈들이 너무 뻔뻔하단 말이지. 사람이 죽을 뻔했는데 말이야."

"하긴 철공소 놈들이 그렇죠."

철공소. 인터넷 방송에서 활동하는 놈들이다. 인원은 총 세 명.

뭐, 그들의 방송 채널 이름을 철공소로 짓든 아니면 구치소로 짓든 그건 그들 마음이다. 문제는 이놈들의 콘텐츠다.

"약자를 공격하는 게 콘텐츠라니, 나라 꼴이 어쩌다가. 쯧쯧. 자네는 이해가 가나?"

약자 공격 콘텐츠. 어이없지만 그게 콘텐츠가 된다는 사실에 유민택은 기가 막혔다. 오죽하면 유민택이 노형진을 따로 불러서 징벌을 요청하겠는가?

"머리로는 이해해도 가슴으로는 이해 못 하죠."

철공소의 약자 공격 콘텐츠는 비열하고 잔인하다.

어떤 식이냐면 고아원에 기부한다면서 찾아가 사진을 찍고 온갖 병신 짓을 하거나, 아주 작은 가게에 엄청 팔아 준다면서 들어가서 수십만 원 어치를 먹튀 하거나 하는 식이다. 사람들이 고통 받고 절망하는 모습을 찍어서 올리는 걸 좋아하는 것이다.

"내가 그 사건을 듣고는 그놈들에 대해 찾다 보니 기가 막히더군. 그놈들이 무슨 짓을 했는지 아나? 아픈 아이 병원비를 지원해 준다고 미혼모에게 머리를 빡빡 밀라고 했다더군."

"그리고 튄 겁니까?"

"그래, 어떻게 사람이 그런 후안무치한 행동을 할 수 있단 말인가?"

미혼모의 아이가 심장병에 걸려서 수술비가 필요하자 그 미혼모를 속여서 머리를 밀게 한 뒤 그걸 인터넷으로 공개하면서 좋다고 시시덕거리는 모습을 유민택이 우연히 보고 충격 받은 것.

'하긴, 유민택이라면 그게 트라우마가 될 수도 있겠네.'

노형진이 아니었다면 유민택은 오래전에 죽었을 거다. 유영민 역시 힘들게 살아갔을 테고, 어쩌면 며느리인 강소영이 그 미혼모 꼴을 당했을지도 모른다.

"제 자식을 살리겠다고 노력하는 여자를 어찌 그렇게 취급하는지 원."

혀를 끌끌 차는 유민택. 정상인이라면 그걸 보고 화내는 게 어찌 보면 당연한 거다.

"그래서, 도와주셨나요?"

그 말에 유민택이 안타깝다는 듯 고개를 흔들었다.

"너무 늦었네. 아이도…… 그리고 그 아이의 어머니도."

아이는 결국 죽었고, 아이만 바라보던 미혼모도 충격으로 자살했던 것.

노형진은 그 사실에 어이가 없어서 말이 안 나왔다.

"그걸 놔둔다고요?"

"나도 화가 나서 알아보라고 했다네. 그런데 합의된 거라지 뭔가."

"합의가 되다니요?"

"그 개 같은 놈들이 출연료라고 미리 50만 원 주고 퉁쳤더군."

"어이없군요."

아이가 죽어 가고 있다. 그런 아이를 한시라도 빨리 살리고 싶은 부모 입장에서는 그 50만 원이라도 포기할 수 없었으리라.

"어쩌다 그런 놈들의 영상을 찾아보신 겁니까? 철공소라는 놈들은 유튭에 영상을 올리지 못하는 걸로 알고 있는데요."

"그놈들을 아나?"

"뭐, 젊은 세대에는 유명한 놈들입니다. 말이 인터넷 방송인이지, 그냥 개새끼들 아닙니까? 절대다수의 사람들은 그놈들을 별로 안 좋아합니다."

"그건 그러겠지."

"그래서 그놈들이 활동하는 장소는 비비TV라는 곳으로 알고 있는데요."

"나도 원해서 본 건 아닐세."

"설마 영민이가 보는 건?"

"그런 놈이었다면 후계자고 뭐고 다 모가지 쳤을 거야."

"그러면요?"

비비TV라는 인터넷 채널은 인터넷 사이트 내부에서도 무척이나 통제가 약하고 마이너한 곳이다. 그래서 보통은 사람들이 거의 안 보는 곳이 바로 비비TV다.

"유튭도 거의 안 보는 회장님이 그 방송을 보신다는 게 신기하네요."

"대룡엔터테인먼트에서 데뷔하지 못하고 나간 아이가 자살했다네. 아무리 데뷔를 못 했다지만 대룡엔터테인먼트에서 연습생 생활을 5년이나 한 아이야. 그 아이의 죽음이 너무 어이없어서 확인하던 과정에 알았다네."

"죽음이요?"

"그래, 나가고 나서 인터넷에서 활동한 모양이야. 방송인이라고 하던가? 그것까지야 나쁘지 않은데 그곳에서 온갖 더러운 꼴을 당하다가 결국은 자살했다네. 그, 철공소? 그놈들이 저지른 일이라네."

철공소는 두둑한 세력을 등에 업고 있다. 그리고 그놈은 하꼬 지원을 한다면서 아무것도 모르는 신입 인터넷 방송인들을 지원하는 척하며 놀리고 성희롱하고 성추행했다.

"하꼬? 그게 뭔지 모르겠지만 하여간 그 연습생이 그거였던 모양이야."

"인터넷 방송 신입을 뜻합니다. 시청자도 별로 없고 후원도 별로 못 받는 신세지요."

대충 상황을 알아차린 노형진은 긴 한숨을 내쉬었다.

"악질적인 놈들이었나 보군요."

"혹시 봤나?"

"그건 아닙니다. 하지만 유명 방송인 중에 그 하꼬들을 대상으로 한 콘텐츠를 찍는 건 딱히 이상한 일이 아닙니다."

하지만 보통 유명 인터넷 방송인들은 하꼬들을 괴롭히는 게 아니라 홍보 목적으로 자기 방송에 나오게 해 주거나 랜덤 방송이라면서 자기가 찾아가서 여러 가지 조언을 해 주는 콘텐츠를 올린다.

"하지만 때때로 질 안 좋은 놈들이 악질적으로 사람을 가지고 놀기도 하죠."

돈을 쏘면서 말도 안 되는 짓거리를 요구하는 경우도 있고 홍보해 준다면서 합방하고는 성추행이나 성희롱을 하기도 한다.

홍보가 다급한 하꼬, 즉 신입이 울며 겨자 먹기로 거기에 응하는 경우도 많고 말이다.

"자네 말이 맞아. 지원해 준다고 하고는 말이 지원이지……. 보다 보니 너무 어이없더군."

아예 사람 취급도 안 하고 거의 성희롱 장난감 취급을 하다가 결국 재미없다고 발길질하면서 쫓아냈던 것.

당연히 후원금도 땡전 한 푼 주지 않고 도리어 하꼬가 재미없다고 마구 뒷담화를 하면서 깔아뭉갰던 것.

"후우~ 연습생의 멘탈이 정상은 아니었을 텐데요."

"내가 그래서 충격 받은 걸세."

연습생의 잘못이 아니더라도 그룹의 컨셉과 맞지 않으면 방출시킬 수밖에 없다. 잔인하지만 그런 극도의 경쟁이 한국 엔터의 경쟁력이니 또 부정할 수도 없다.

물론 대룡도 그런 상황에 대비해서 공부도 시키고 사회 공부도 시키고 하면서 준비하지만, 그렇다고 해서 방출되었을 때의 충격이 어디로 가는 건 아니다.

"그런데 그 아이는 인터넷 방송을 선택한 모양이야."

그런데 방출의 충격도 가시기 전에 그런 취급을 당하자 결국 심각한 우울증으로 인해 자살했다는 것.

"그래서 알게 되었다네. 부모님이…… 우리를 너무 원망하더군."

"흠……."

노형진은 그 말에 입안이 썼다. 그런 상황이라면 자신도 대룡을 원망하게 될 거다.

"그래서 그 영상을 찾아봤네. 그런데 너무 악의적이더군. 심지어 아이가 죽었는데 버젓이 올려 두고 있고. 후우……."

분노를 속으로 삼키려는 듯 심호흡하는 유민택.

"물론 나와는 상관없는 일겠지. 엄밀하게 말하면 말이야."

유민택은 죽은 아이와 일면식도 없다. 대룡엔터테인먼트는 대룡 산하 수많은 계열사 중 하나일 뿐이고 매년 들어오고 나가는 게 연습생이다.

그랬기에 유민택에게는 어떤 책임도 없다. 도의적인 책임도 묻기 힘들 거다.

"그런데 우리를 믿고 함께했던 아이가 그렇게 죽었다는 게 가슴이 아프더군."

"이해합니다."

도의적인 책임도 없을 정도로 관계가 없다지만 한 젊음의 추락이 보기 좋다면 그건 악마일 것이다.

"그 철공소라는 놈들도, 그리고 비비TV라는 곳도 해도 해도 너무하더군. 어찌 그럴 수가 있는지 모르겠어."

"젊은 세대는 비비TV를 이렇게 부릅니다. 온라인 룸살롱,

또는 온라인 약쟁이 클럽이라고요."

"무슨 뜻인지 알겠군. 아주 잠깐 본 거지만 그게 뭔 소리인지 알겠어."

비비TV는 무조건 자극적인 수위로 돈을 받아 내기 위해 몸부림치는 놈들로 가득하다. 최소한의 규칙도, 최소한의 예의도 없다.

존중? 배려?

비비TV는 그런 걸 지키는 놈들을 병신 취급하는 문화다. 누군가가 채팅창에 존댓말이라도 쓴다? 그러면 그놈이 병신인 거다.

콘텐츠의 질도 마찬가지다. 사람들의 관심을 끌어내는 콘텐츠를 만들어 내는 것은 아주 힘든 일이다. 괜히 코미디언과 PD 들이 머리를 부여잡고 고민하는 게 아니다.

그런데 그런 일말의 고민도 없이 자극만 왕창 들이부어 버리니 자극적이긴 하지만 콘텐츠로써의 가치는 없다.

"그런데 저는 온라인 룸살롱이라는 용어에는 동의하지 않습니다. 그건 그렇게 이름 지은 사람이 잘못 안 거죠."

"그 정도는 아니라는 건가?"

"아니요. 저는 더하다고 생각하거든요. 진짜 룸살롱에서는 여자가 그렇게 못 벌어 갑니다. 온라인 룸살롱이라니요. 턱도 없죠. 룸살롱보다 한 열 배는 더 벌걸요."

"그 정도라고?"

노형진의 말에 유민택이 혀를 끌끌 찼다.

"가령 엑셀 방송이라는 건 볼수록 가관입니다."

"엑셀? 도표 만드는 그거 말인가? 그걸 왜 방송해? 교육 방송인가?"

"교육 방송이 아니라 그 엑셀로 후원금을 공개하고 비교하면서 출연한 방송인들을 경쟁시키는 방송입니다. 그런데 이게 교묘하거든요."

소위 여캠, 즉 여성 방송인을 불러다가 후원받으면 방송에 나오는 기회를 준다. 그리고 후원받지 못하면 찬밥 취급하면서 사람 취급도 안 한다.

그렇게 후원금 경쟁을 시키는데, 그 과정에서 온갖 더러운 일이 벌어진다.

애초에 최소한의 규칙도 없는 곳이니 방송 중에 성희롱이나 비하, 모욕 같은 언어적 학대가 발생할 뿐만 아니라 성추행, 심지어 돈이 없는 여성 방송인의 경우는 머리채를 쥐고 흔드는 등의 신체적 폭력도 가감 없이 벌어진다.

"내가 좋아하는 사람이 어떤 꼴을 당하는지 두 눈으로 똑똑하게 보고 있다면 가슴이 아프지요. 그런데 그걸 막을 방법은 하나뿐입니다."

시청자가 그걸 막고 싶다면 방법은 하나뿐이다. 후원금을 내고 자신이 좋아하는 방송인에게 스포트라이트를 받게 해 주는 거다. 그러지 않으면 그 방송인은 사람 취급도 못 받는다.

"실제로 그러한 행동으로 인해 사람이 자살하기도 했죠. 아마도 그 아이도 그런 식으로 당한 걸 거예요. 이번이 처음도 아니지만 마지막도 아닐 겁니다."

"이번이 처음도 아니라고?"

"네, 이미 자살한 적이 있습니다. 그나마 그건 자살을 인터넷 중계를 해서 이슈가 된 거지, 그 방송으로 인해 우울감에 빠진 사람들이 얼마나 자살했는지는 아무도 모르죠."

실제로 그런 방송에 출연했던 사람이 자살한 사건, 그것도 인터넷으로 자신의 자살을 생방송으로 중계한 사건도 있었다.

아무리 돈 때문에 계약하고 방송에 출연했다지만 그 여자들도 사람이니 감정이 있다. 심지어 그 자살한 사람은 한때 인기 있었던 모델이었다.

하지만 이혼녀로서 자식과 살기 위해 어쩔 수 없이 그 길을 선택했다. 그러나 이미 결혼했다가 이혼했던, 심지어 애까지 딸린 여자를 좋아해 주는 사람은 별로 없었다.

그렇다 보니 그곳에서 인기를 끌지 못했다는 이유만으로 사람 취급도 못 받고 대놓고 성추행과 모욕을 당하는 등 여자로서 당할 수치는 모두 당한 상태에서 그 가해자들이 강제로 술까지 먹이는 바람에 술기운에 결국 돌이킬 수 없는 선택을 한 것이다.

심지어 그 당시 피해자는 자살하는 장면을 자신의 방송 채널로 중계했는데 가해자들은 그걸 보면서 낄낄거리면서 비웃으며 '저년은 절대 못 죽을걸.'이라고 말했다.

심지어 나중에 피해자가 죽자 그들은 상복을 고른다며 쇼핑하는 걸 방송 소재로 삼아 또 돈을 받기도 했다.

"그걸 놔둔다고?"

그 사실까지는 몰랐던 유민택은 충격을 받은 얼굴이었다. 아무리 그래도 사회적으로 그런 행동까지 하는 놈들이 있을 거라고는 생각도 못 했으니까.

"그래서 황당한 거죠."

그 정도 사건을 일으키면 방송하는 곳에서는 그들의 계정을 막고 영구 정지라도 해야 하는데 비비TV는 그들을 그냥 놔뒀다.

그렇다고 형사처벌이 이뤄진 거냐면 그것도 아니었다.

"그 사건으로 인해 누구도 처벌받지 않았죠."

성추행하고 방송에서 대놓고 모욕하고 폭행했지만 그 방송에 출연했던 그 누구도 처벌받지 않았다.

도리어 그들은 그 사건으로 이름을 알렸다면서 낄낄거리며 돈을 벌기 위해 혈안이 되어 있었다.

나중에야 일이 커지는 것 같자 사과문을 내고 활동을 멈췄지만 그것도 악어의 눈물 수준. 채 3개월도 되지 않아서 돌아와서 뻔뻔하게 방송하고 있었다.

"지옥도라는 게 있다면 그곳이군."

"확실히 그렇죠."

"내가 인터넷 방송을 그런 의도로 만든 게 아니었는데."

대룡은 인터넷 방송국을 만든 기업이고, 양질의 콘텐츠를 제작해 네트웍플러스에서 팔아먹으면서 자연스럽게 방송계에서도 큰 힘을 가지고 있다.

그리고 그 당시에 유민택이 생각한 것은 공중파의 고루한 시스템에서 벗어나 다양한 콘텐츠를 만드는 것이었지, 이런 지옥을 만드는 것이 아니었다.

"거기는 비비TV처럼 개인 콘텐츠 제작소가 아니지 않습니까? 그리고 어딜 가나 하수구가 있기 마련이죠."

노형진은 쓰게 웃었다.

그 철공소라는 놈들도 마찬가지다. 정상적인 사회라면 그런 놈들은 사회적으로 매장되어야 한다.

하지만 비정상적인 놈들이 지켜 주기에 그들이 그러고도 무사한 거다.

그 피해자가 자살했던 사건도 마찬가지. 분명 법적으로 처벌할 수 있는 상황이건만 1년이 넘도록 경찰은 처벌하지 않았다.

심지어 방송이 온라인에 중계되어서 증거가 명확한데도 말이다.

"폭행, 명예훼손, 사자 명예훼손, 성추행 등 걸릴 건 많았죠."

하지만 경찰은 눈을 돌리고 '악' 소리 지르면서 모른 척했다.

"피해자 유가족이 신고 안 한 건가?"

"안 했겠습니까?"

"그런데 왜?"

"회장님께 보고가 들어갔다고 하지 않았습니까, 비비TV가 돈을 많이 번다고."

"설마?"

"제가 비비TV를 쓰레기통 이하라고 말한 이유가 바로 그겁니다. 거기서 나오는 콘텐츠가 다 그 꼴이라서요."

성추행 금지, 모욕 금지 그리고 성희롱 금지 같은 걸 제약으로 걸어 버리면 비비TV는 아마 폭삭 망할 거다.

"끄응, 나는 그곳에 대해서는 잘 몰랐네. 하지만 그 철공소인지 나발인지가 마음에 안 들었는데 일이 커지는군."

"철공소는 더 그럴 겁니다. 솔직히 말해서 철공소를 지키기 위해서라면 비비TV는 뭐든 할걸요. 제가 알기로는 그 철공소라는 놈들이 비비TV에서 랭킹 1위라고 하더군요. 그놈들한테 가는 수수료만 빼 버려도 비비TV는 바로 적자로 돌아설 정도라더군요. 솔직히 말씀드리면, 철공소인지 뭔지 하는 놈들을 건드리려면 비비TV와 싸워야 합니다."

그 말에 유민택이 뭔가 고민하는 듯했다.

하긴, 기업 간에 전쟁을 치르는 것은 그가 순간 마음이 약해져서 미친놈 하나 손봐 주고 싶어지는 것과는 또 다른 문제다.

설사 상대방이 비교 대상으로는 아주 작은 곳이라고 해도,

그리고 이쪽에서 기침만 해도 날아가 뒈질 정도로 약한 곳이라고 해도 기업 간 전쟁을 섣불리 할 만큼 유민택의 판단력이 떨어진 건 아니었다.

"일이 너무 커지는군."

"생각보다 고민이 많으시군요."

유민택이 원했던 건 철공소 놈들이 방송하지 못하는 정도였다. 그런데 기업 간의 싸움이라니.

물론 단순히 비비TV와의 싸움이라면 이야기가 달라진다. 아니, 사실 비비TV는 문제가 아니다.

"비비TV만 문제라면 싸우는 것도 나쁘지 않을 걸세. 그런데 그 뒤가 문제야."

"뒤요? 실소유주가 누군지 아시나 보군요?"

"자네는 모르나?"

"제가 군이 쓰레기통의 실소유주까지 신경 쓸 이유는 없으니까요."

"하기야, 그렇지. 비비TV의 실소유주…… 아니 투자사라고 하는 편이 정확하겠지. 비비TV의 소유주는 다름 아닌 티엑스라네. 소위 말하는 검은 머리 외국인이지."

그 말에 노형진은 자신도 모르게 눈을 찡그렸다.

그도 그럴 게 자신도 아는 곳이니까.

그것도 아주 안 좋은 쪽으로.

'그놈들은 한국을 먹으려고 했던 그놈들 아닌가?'

미래의 한국 최대 투자회사 중 하나였던 티엑스컴퍼니. 정확하게는 기업사냥꾼이라고 표현해야 할 거다.

아직은 그다지 크지 않은 곳이지만 노형진의 회귀 전 기억이 맞다면 한국을 폭삭 망하게 했던 주범이기도 했다.

'한국의 기업을 사냥하던 기업 놈들인데, 그놈들이 재벌가 집안 놈들이라고?'

물론 그건 지금 벌어질 일이 아니라 미래에 벌어지는 일이었다.

티엑스컴퍼니에서 이루어진 대기업사냥.

그로 인해 실제로 한국에서 100위권에 들어가는 대기업들 중 적지 않은 숫자들이 그들의 손아귀에 떨어졌다.

문제는 그들이 기업을 빼앗을 줄은 알지만 기업을 운영하는 법은 모른다는 거였다.

그래서 거의 대부분 기업을 아주 비싼 가격에 해외, 주로 중국 측에 팔아넘겼고 결과적으로 한국의 경제적 몰락에 아주 큰 영향을 미치게 되었다.

'그놈들이 여기서 왜 튀어나와?'

그런데 그런 놈들이 여기서 튀어나오자 노형진은 살짝 당황했다.

'이미 어딘가에 있을 거라고는 짐작하고 있었는데.'

투자사의 큰손이 된 후로 계속 경계 중이었고 이맘때면 어딘가에 있을 거라 생각했지만, 사실 크게 생각하지는 않았다.

시기로 보면 티엑스컴퍼니는 시작하는 시점일 테고 그 정도 규모의 회사는 손가락 하나로 날려 버릴 수 있을 정도로 충분한 힘을 가지고 있기 때문이다.

그런데 그런 티엑스컴퍼니가 갑자기 튀어나오다니?

"흠…… 티엑스란 말이죠."

"얼굴 보니까 아는 얼굴이군. 의외군. 그다지 크지는 않은 회사인데? 잘 아는 놈들인가?"

"어느 정도는 압니다."

잘 아는 건 아니다. 현시점에서의 티엑스컴퍼니에 대해서는 사실상 모른다고 봐야 한다.

하지만 그 방식에 대해서는 너무 잘 알고 있다. 아니, 모를 수가 없다. 한국에서 터진 두 번째 IMF 사태. 그 원인이 된 놈들이니까.

"하긴, 그런 놈들이니까 그 지랄 같은 비비TV를 유지하겠네요."

티엑스컴퍼니.

좋게 말하면 투자회사, 나쁘게 말하면 투자계의 쓰레기통.

돈만 된다면 더러운 짓조차도 마다하지 않는 곳이다.

마이스터가 나름 대형 사업과 전통적인 투자에 집중하고 특수한 경우에 개인에게 투자하는 것과 같이 최대한 건실하고 미래지향적으로 투자 방향을 잡는 데에 반해 티엑스컴퍼니는 돈만 된다면 불법도 서슴지 않는다.

그냥 대놓고 '걸리지만 않으면 그만'이라는 포지션이 바로 티엑스컴퍼니였다.

'그런데 한국인이 운영하는 곳이라니. 뭐, 놀랍지도 않다.'

한국인이 한국의 민영화로 장난치는 거야 아주 한국의 오래된 전통이나 마찬가지고, 특히 그런 불법적인 장난을 치는 투자사들은 한국이라면 아주 환장한다.

왜냐하면 미국이나 유럽이라면 종신형이 나오고도 남을 만한 범죄행위가 한국에서는 거의 대부분 합법이고, 설사 걸려도 돈 몇 푼 쥐여 주면 풀려나는 게 어렵지 않기 때문이다.

그래서 그걸 잘 아는 재벌가나 검은 머리 외국인들은 절대로 다른 나라에서 위험한 짓을 안 한다. 바로 한국에서 한국의 골수를 빨아먹으며 자기들의 배때기에 기름을 채우려고 한다.

특히 티엑스컴퍼니는 아주 대놓고 불법을 자행하는 곳 중 하나다.

당장 태국에서 대마초를 합법화했을 당시에 빠르게 대마 농장을 만든 것도 티엑스고 그걸 유통하는 유통 라인을 만든 것도 티엑스다.

'그리고 그놈들이 그렇게 만든다는 것은 기존에도 대마를 유통했다는 소리지.'

갑자기 대마가 합법화되었는데 숨어 있는 대마 농장들을

어떻게 찾아내고 그걸 유통할 방법을 어떻게 찾아내겠는가? 그것도 수십 톤도 아니고 수백 톤 단위를 말이다.

당연히 그 이전에 대마를 유통했을 거라고 의심하는 것은 어려운 일이 아니었다.

"하지만 그 티엑스컴퍼니가 두려운 정도는 아니지 않습니까? 규모가 큰 놈들도 아닌데요?"

지금도, 미래에도 온갖 더러운 짓을 하지만 그만큼 규모가 크지 않은 것도 사실이다. 그런데 유민택이 눈치를 본다는 게 노형진은 이해가 가지 않았다.

"티엑스에 관심이 없나 보군."

"제 입장에서야 구멍가게 수준의 투자사고, 그런 곳이 어디 한둘입니까?"

정확하게는 찾는 대로 작살낼 생각이기는 했다. 이렇게 찾게 될 줄은 몰랐지만.

"하긴, 그건 그렇지. 그런데 그 티엑스가 한국 기업이라서 문제지."

"그런데 금시초문이군요. 저는 뭐, 다국적기업이라는 소문은 들었지만 티엑스가 한국계라는 소문은 못 들었는데요."

그건 실제로 미래에도 알려지지 않은 사실이었다.

나라가 망해 가는 당시도 언론사들은 막대한 돈을 받아 가면서 티엑스가 한국의 미래라고 부르짖었고, 그 결과 한국에 두 번째 IMF가 찾아왔으니까.

"정확하게는 주소만 나이지리아지. 하지만 실소유주는 한국인들이야. 재벌가의 4세들 일부가 만든 곳이지."

"네?"

노형진은 그 말에 움찔했다가 긴 한숨을 쉬었다.

"하긴, 딱히 이상한 일도 아니군요."

한국의 재벌가들이 돈을 빼돌려서 해외에서 미친 짓 하는 게 어디 한두 번이란 말인가? 오죽하면 사람들에게 검은 머리 외국인이라는 말이 돌겠는가?

진짜로 머리가 검은 외국인이라는 게 아니라 한국 국적인데 기업을 외부로 돌려서 외국인인 것처럼 행동하는 놈들이라는 의미다.

그리고 나이지리아는 그런 놈들이 주소를 옮겨 두는 적당한 장소 중 하나다. 왜냐하면 시스템이 개판이라 문제가 생겨서 추적하고 싶어도 제대로 된 추적이 불가능한 경우가 많기 때문이다.

아마도 나이지리아에 가서 티엑스컴퍼니를 찾아도 나오는 건 작은 창고 정도일 거다.

"티엑스는 재벌 4세들 중에서 비승계 라인들이 모여서 만든 곳이라네."

"비승계 라인이라……."

"그래, 돈 욕심은 나지만 기업을 물려받을 수는 없는 놈들이지."

"허."

기업을, 그것도 대기업의 후계자들의 치열한 후계 전쟁?

물론 그것도 가능한 시나리오고 그런 경우도 많지만, 애초에 그런 깜냥이 안 되는 놈들도 나름 후계자랍시고 모가지에 힘주고 다니는 경우도 많다.

그런데 그런 놈들은 미래가 애매하다. 법적으로 어느 정도 지분을 주는 건 사실이겠지만, 그런 경우 자기들의 씀씀이를 감당 못 하기 때문이다.

대기업이라는 게 회장님 아들이라면 절대 갑이자 공포의 대상이며 상전이지만, 회장님 동생이라면 견제 대상이자 요주의 대상이며 말려 죽여야 하는 대상이다.

'당장 유민택 회장님만 봐도 그렇지.'

대룡을 세울 때만 해도 집안과 손잡았지만, 노형진과 손잡고 유씨 가문의 모가지를 쳐 냈다.

그러니 그런 놈들은 일찌감치 자기가 후계자가 못 된다고 하면 자신의 씀씀이, 그러니까 돈을 벌어 줄 만한 곳을 찾는 편이다.

"그리고 티엑스컴퍼니가 그중 하나라는 거군요."

"맞네."

"그런 거라면 도리어 신경 안 써도 되는 거 아닙니까?"

"무슨 말인가?"

"어차피 그룹에서 나가리 된 놈들 아닙니까?"

"그러니까 문제 아닌가?"

자기들의 미래를 위해 필사적으로 티엑스를 지키려고 할 거라는 것. 그러나 노형진은 다르게 생각했다.

"그게 아니죠."

"아니라고?"

"회장님 세대가 아니라 회장님 다음 세대 아닙니까?"

"그렇지."

"그러면 급을 맞춰야요. 회장님께서 왜 애송이들하고 티격태격하십니까? 회장님들하고 이야기하셔야지."

"회장들이랑 이야기하라고?"

"네."

그 말에 잠깐 고민하는 유민택. 그러나 이내 고개를 흔들 었다.

"그것도 역시 곤란해. 그렇게 되면 내가 은혜를 입은 꼴이 되는데 말이지."

유민택이 그들에게 부탁해서 다음 세대 애들이 티엑스에 서 손 떼게 하는 것은 어려운 일이 아니다.

하지만 이 세상은 기브 앤드 테이크가 확실하다. 하물며 회장급이 되면 더 그렇다.

그러니 유민택이 그런 부탁을 하면 그쪽의 부탁을 하나 들 어줘야 한다. 그들 입장에서는 미래의 먹거리 하나가 사라지 는 셈이니까.

"하하하."

그런데 노형진이 그 말에 헛웃음을 지었다.

"왜 그러나?"

"빚은 그쪽이 지는 거죠, 회장님이 아니라."

"그게 무슨 말이지?"

"회장님께서 가서 그들에게 비비TV를 공격할 거라고 이야기해 주면 되지 않습니까? 어차피 다른 회장님들도 티엑스컴퍼니가 어떤 곳인지 모르시지는 않을 것 같은데."

"알고야 있지."

알지만 그래도 아무리 후계자에서 탈락한 인간이라고 해도 결국은 자식이다. 그러니까 모른 척하는 거다.

"저와 회장님이 비비TV를 공격한다고 하면 다른 회장님들이 뭐라고 하겠습니까?"

싸우자? 후계자도 아니고 이미 후계권에서 탈락한 아들이 챙겨 둔 비자금 몇 푼 때문에? 심지어 티엑스컴퍼니 자체도 아니고 거기서 투자한 비비TV 때문에?

말도 안 된다. 자신보다 덩치가 더 컸던 성화를 날려 버렸던 대룡이고 이제는 재계 2위의 기업이 된 대룡이다.

더군다나 그 뒤에는 노형진과 마이스터가 있다. 수지타산이 안 맞는다.

그렇다면 참아 달라고 읍소한다? 그러기에는 회장님들의 자존심에 금이 간다.

아무리 유민택이 무섭다고 해도 자기도 대기업 회장님인데 자식놈 하나 때문에 자존심이고 뭐고 내던지고 매달리기는 힘들다.

하물며 그 원인이 온라인 룸살롱이라 불리는 곳이라면 더더욱.

"아마도 그런 상황이라면 유민택 회장님이 슬쩍 공격한다고 흘리면 자식들에게 좋게 말해서 손 떼게 할 겁니다."

"호오? 자식놈들을 공격하는 게 아니고?"

"티엑스컴퍼니가 합법과 불법 사이에서 장난치는 건 사실입니다만, 안 그런 투자사가 어디 있습니까? 엄밀하게 말하면 비비TV가 문제인 거지, 티엑스컴퍼니 자체가 문제인 건 아니죠. 물론 그들이 선을 좀 자주 넘기는 하지만요."

더군다나 이 비비TV의 개떡 같은 운영은 그들이 시키는 게 아니라 그들에게 돈을 줘야 하는 비비TV 운영진이 하는 거다.

"그렇게 하면 이쪽이 도리어 은혜를 베푸는 거죠."

손 털고 나갈 시간을 주는 셈이니까.

"호오?"

그러면 은혜를 입는 게 아니라 도리어 은혜를 베푸는 셈이 된다.

"아 다르고 어 다른 게 법이니까요."

어차피 이 상태에서 티엑스컴퍼니를 공격해도 남는 것도

없고 또 그걸 이유로 다른 대기업과 싸운다는 것도 말이 안 된다.

"차이점은 티엑스컴퍼니가 발 뺄 시간을 준다는 거죠. 그리고 그 자체로도 비비TV에 대한 공격이 되는 거고요."

"아, 그렇기는 하군. 투자금을 빼 갈 거라는데 그냥은 못 있겠지."

유민택은 인정한다는 듯 고개를 끄덕거렸다.

"하지만 자네 말을 들어 보면 비비TV에 대한 공격을 확정한 것 같군. 내가 안 하려고 하면 어쩌려고?"

"해야 합니다."

"내 개인적인 감정 때문에?"

그 말에 노형진은 고개를 흔들었다. 그런 이유 때문에 공격할 거라면 안 하느니만 못하다.

"그게 아니라 장기적으로는 악화가 양화를 구축하는 게 지금 인터넷 방송판이니까요."

"흠…… 확실히……."

악화惡貨가 양화良貨를 구축驅逐한다.

구축이라는 게 한국 사람들은 흔하지 않은 단어라서 많이들 헷갈리곤 한다. 구축構築과 구축驅逐의 발음이 같다 보니 벌어지는 일이다.

한국에서 많이 쓰이는 '구축'은 뭔가를 올리고 만들어 내는 것을 의미한다. 시스템 구축 같은 형태로 많이 쓰니까.

하지만 일본에서 많이 사용되는 구축의 의미는 '내쫓다', 또는 '몰아내다'의 의미가 강하다. 가장 흔하게 쓰는 단어가 바로 구축함이다.

악화가 양화를 구축한다는 것은 원래 영국의 경제 이론을 일본에서 번역하면서 생긴 말이다.

그리고 그 의미는 악화가 양화를, 즉 나쁜 돈이 좋은 돈을 만들어 낸다는 게 아니라 나쁜 돈이 좋은 돈을 몰아내 최종적으로 나쁜 돈만 남는다는 것이다.

"악화가 양화를 구축한다······."

"간단하게 생각해 보세요. 인터넷 방송에서 온갖 더러운 짓을 하는 놈들이 매달 수십억씩 버는데 그 누가 일하려고 합니까? 재능 있는 사람들이 과연 연예인을 하려고 하겠습니까."

"그건 또 무슨 소리인가?"

"이미 엔터 업계에서는 심각하게 소문난 상황입니다. 인재를 구하기가 힘들다는 거죠."

"인재를?"

"네."

힘들게 연습생 생활을 몇 년간 하고 데뷔하면 뜰지 안 뜰지 알 수가 없다.

뜬다고 해도 요즘은 들어가는 비용이 증가하는 바람에 정산 비용이 더 늘어서 정산받기까지 시간이 제법 걸린다.

"그에 반해 인터넷에서 벗고 춤추면 연봉 2~3억은 우습죠."

"그런……."

"그 엑셀 방송인지 뭔지 잘나가는 곳은 한 해 매출이 400억 이라고 하더군요. 그걸 출연자 기준으로 나눈다고 해도 1인 당 30억 이상은 떨어질 겁니다."

"그 정도면 어지간한 연예인 이상이잖나?"

"그러니까 문제가 되는 겁니다. 악화가 양화를 구축한다."

길게 노력하는 게 아니라 짧게 쇼하고, 남과 나누는 게 아 니라 혼자서 다 먹는 구조의 인터넷 방송.

"그리고 그런 인터넷 방송에 나가는 루트 중 하나가 어딘 지 아십니까?"

노형진의 질문에 유민택은 눈치 빠르게 한숨을 쉬었다. 노 형진이 심심해서 엔터 업계 이야기를 한 게 아닐 테니까.

"연습생들이군."

"맞습니다."

데뷔하지 못한, 또는 방출된 연습생들이 인터넷 방송으로 진출을 많이 한다. 물론 그게 나쁜 건 아니다. 솔직히 룸살롱 같은 곳에 가는 것보다 백 배 천 배는 나으니까.

"하지만 그것도 일반적인 방송 기준이죠."

서로 토크를 하거나 게임을 하는 등 최근 시청자의 취향에 맞춰서 하는 거야 문제가 안 된다.

그런데 비비TV처럼 돈에 팔려 나가서 옷을 벗어 대는 방송에 나가는 건 문제가 심각하다.

물론 소비하는 계층이 다르기는 하지만 어느 쪽이 빠르게 돈이 되는지는 누가 봐도 알 수 있으니까.

"대기업에 들어와야 하는 인재가 돈만 된다고 죄다 사기꾼들이랑 일한다고 생각해 보세요."

"무시할 수 없는 상황이기는 하군."

더군다나 대룡은 엔터 업계에서 벌어들이는 수익이 절대로 작지 않다.

"지금이야 티가 안 나겠지만 장기적으로는 티가 날 겁니다. 더군다나 그런 방송이 늘어날수록 인터넷 방송의 이미지도 안 좋아질 겁니다."

나중에 인터넷 방송인은 온라인 룸살롱에 다닌다는 이미지가 만들어진다면 과연 사람들이 인터넷 방송을 볼까?

"무슨 뜻인지 알겠네. 그러면 싸우기는 해야 한다는 거군."

"최소한의 커트라인을 지켜야 하니까요. 어느 곳이든 자정작용이 없는 사업은 망합니다."

내 기업이 문제가 아니다. 그 사업 자체가 자정작용을 가지고 있지 못한 놈들이 판치면 결국 사업 자체가 망해 버린다.

"좋아, 자네 말대로 제대로 싸워 보도록 하지."

유민택은 마음을 독하게 먹었다.

"내가 죽은 아이가 방송을 하기 전으로 시간을 되돌릴 수

는 없겠지만 추가적인 피해자는 더 발생하지 않도록 막을 수
있겠지."

　더 이상 질 안 좋은 놈들에게 제물을 바칠 수는 없었다.

저격수 노형진

"오랜만의 유 회장님의 의뢰이지만 이건 진짜 뜬금없군."

대룡은 새론과 긴밀한 관계를 맺고 있다. 대룡에서 매년 벌어지는 엄청난 수의 소송을 대신 처리해 주는 게 새론이지만, 보통은 그걸 노형진이나 이사회가 전담하지는 않는다.

하지만 유민택이 요청했다면, 어찌 되었건 이사회가 개입할 수밖에 없었다.

"비비TV라⋯⋯. 거기 유명하지."

"김성식 대표님도 아십니까? 그런 걸 챙겨 보는 타입은 아니실 것 같았는데요."

"그런 걸 챙겨 보지는 않지만 내가 관심을 안 가져도 그쪽에서 터지는 사건이 한둘이 아니지 않나?"

"하긴, 그건 그렇죠."

인터넷으로 방송하는 사이트는 여러 곳이다. 하지만 그 안에서 비비TV는 쓰레기통 중의 쓰레기통으로 유명하다.

막장 중에 막장. 온갖 사고를 치고 원래 사이트에서 쫓겨난 놈들이 간 곳이 비비TV니까.

"그런데 이해가 안 가는 게 있는데, 죽은 연습생이 대룡엔터테인먼트 소속이라면서? 그러면 다른 곳에 갈 수도 있지 않아?"

톱클래스 소속의 엔터테인먼트 회사 소속 연습생은 중견 이하의 다른 연습생에게는 무척이나 소중한 인재 풀이다. 회사에서는 컨셉 등의 문제로 인해 방출 대상일지 모르나 외부에서는 봤을 때 이미 완성된, 그래서 투자 비용이 거의 안 드는 연습생이니까.

그렇기에 대룡엔터테인먼트에서 방출되어도 보통은 다른 연습생 자리를 찾아가는 편이고, 그런 경우 높은 확률로 데뷔조에 속하게 된다.

당장 엔터테인먼트조합만 찾아가도 데려가겠다는 곳이 엄청나게 많을 거다.

"확실히 그 부분이 이해가 안 가는군. 더군다나 다른 방송 플랫폼도 많은데 왜 하필이면 비비TV인가? 아무리 그래도 거기가 쓰레기통이라는 사실을 모르지는 않았을 텐데?"

김성식조차도 이해가 안 간다는 듯 고개를 갸웃했다. 도무지 말이 안 되는 소리였으니까.

"그건 아마 비비TV에서 속여서 그럴 거예요."

"비비TV에서 속인다고?"

"업계에서 그렇잖아도 알음알음 소문이 도는 중이거든요."

그런데 대답한 건 노형진이 아니라 고연미 변호사였다. 사실 노형진도 그 선택에 대해 의구심을 품고 있던 상황이었기에 자연스럽게 고연미 변호사에게 물을 수밖에 없었다.

"그게 무슨 말입니까, 고 변호사님?"

"비비TV도 자기네 소문에 대해 안다는 거죠."

"그런데요?"

"그러면 점점 질 안 좋은 애들만 들어오니까 자기들 딴에는 질 좀 높여 보겠다고 외부에서 다른 방송인을 영입하려고 혈안이 되어 있어요."

"다른 방송요?"

"네. 그런데 아시잖아요, 플랫폼을 옮기는 게 쉬운 일이 아니라는 거."

실제로 인터넷 방송인들은 특수한 경우가 아니만 잘 옮기려고 하지 않는다. 각 사이트마다 취향도 다르고 성향도 다르니까 당장 비비TV를 보던 놈들이 다른 채널, 가령 유튭 같은 데서 그런 식으로 행동하면 아마 볼 것도 없이 계정을 압류당하고 영구 차단당할 거다.

실제로 그런 놈들도 적지 않았고 말이다.

"그래서 새로운 피가 수혈이 안 된다고 하더라고요."

막장 중의 막장만 오는 똥통.

그렇다 보니 비비TV에서는 나름대로 새로운 피를 수혈하겠다고 여러 가지 방법을 쓰는데, 그중 하나가 바로 세상 물정 모르는 연습생을 속여서 데려오는 것.

"연습생을 룸살롱으로 데려가는 거랑 비슷하죠."

처음에는 좋은 조건을 내걸고 무슨 제휴 방송인이니 뭐니하면서 데려간다. 확실히 정산 비율이나 지원에서 다른 곳에 비해 유리하니까 연습생은 혹해서 따라갈 수밖에 없는 거다. 다른 대형 플랫폼은 그런 걸 안 챙겨 주니까.

"그런데 아시잖아요, 똥물에 생수 한 병 부어 봐야 결국 똥물 되는 거."

"허, 하긴 그렇죠."

그렇게 새로운 방송인이 들어가 봐야 제대로 된 지원도 없이 말뿐인 지원뿐이었고, 정산 비율도 결국은 일단 자기가 벌어야 적용된다. 정산 비율이 10% 더 준다고 해도 현실적으로 정산할 때 10억을 벌면 큰돈이지만 5천 원 벌면 의미도 없는 돈이다.

더군다나 이미 비비TV를 보는 놈들은 자극에 절어서 담백하고 깔끔한 방송은 조롱의 대상이지 시청의 대상이 아니다.

"그러니까 방법은 둘 중 하나죠. 빠르게 거기서 나가든가, 아니면 똑같이 똥물이 되든가."

"흠……."

그나마 차라리 벗어났으면 다행이었을 거다. 하지만 피해자는 벗어나지 못했다.

"도대체 왜요? 그때라도 다른 곳에 연습생으로 가면 그만 아니에요?"

"글쎄, 그렇게는 안 될걸."

서세영의 말에 노형진이 쓰게 웃었다.

아무리 이사급에서 대응하는 사건이라고 하지만 사건의 특성상 젊은 변호사가 대동해서 피해자들을 설득해야 한다는 의견이 있었는데, 새론에서 가장 젊고 그 세대를 이해하는 게 바로 서세영이었기에 이번 사건에 특별히 참여해야 했다.

"응, 왜?"

"달리 비비TV가 온라인 룸살롱이겠어?"

노형진은 쓰게 웃으며 말했다.

"내가 알기로는 비비TV 출신이라는 것만으로도 광고도 안 붙고 심지어 개인 방송 채널에서도 꺼린다고."

"응? 그 정도야?"

"그래, 다른 개인 방송 채널도 그런데 공중파에 나가는 데 뷔조? 턱도 없지."

아마 어찌어찌 데뷔한다고 해도 비비TV에서 방송인을 했다는 것만으로도 바로 사과 방송하고 방출될 거다.

"와, 그 정도로 비비TV의 이미지가 안 좋은 줄은 몰랐네."

서세영은 혀를 내두를 수밖에 없었다. 자신도 그런 걸 보지 않다 보니까 도무지 수준을 감을 못 잡은 거다.

"그러면 나도 하나 물어보세. 도대체 그따위 방송을 왜 보는 건가?"

김성식도 전혀 모르겠다는 얼굴로 노형진에게 물었다.

그도 그럴 게, 비비TV는 어디에서도 좋은 소리를 찾아볼 수가 없는 곳이다. 그런데 그곳에서 매년 수천억대의 수익이 난다는 게 이해가 가지 않았다.

"그 방송인인지 뭔지 하는 애들한테 매달 수백만 원에서 수천만 원씩 돈을 들이붓는 모양인데, 그 돈이면 온갖 OTT 서비스를 다 볼 수 있고 유료 케이블방송도 다 신청할 수 있고 심지어 매달 온갖 좋은 공연도 보고 다닐 수 있을 텐데, 왜 그따위 걸 보고 있는 거지? 더군다나 자네 말마따나 다른 멀쩡한 방송도 많지 않나?"

각자 취향에 맞는 방송을 하는 수많은 방송인이 운영하는 정상적인 채널도 많다. 그런데 왜 군이 비비TV 같은 쓰레기통을 보는지, 김성식은 도무지 이해가 가지 않았다.

"이해가 안 가니까요."

그러나 그 답은 아주 간단했다.

"이해가 안 간다고?"

"사람들은 자기가 아는 세상이, 그리고 자신이 아는 정보가 그 사람의 수준을 판단하는 핵심이거든요."

세상물정 모르는 애들은 그런 말을 종종 한다. '법에 대해 몰라도 세상 사는 데에는 아무런 문제 없다더라.'라고.

"하지만 변호사 입장에서는 그게 가능한 이유가 그가 법의 세계에 들어오지 않기 때문이라는 걸 알고 있지요. 각자 사는 세계가 다른 거죠."

마트에서 배달하거나 아르바이트를 하기 시작한다면 법에 대해 몰라도 그만이다.

하지만 작은 가게라도 시작하기 시작하면 간단한 세무법이나 진상을 처리하기 위한 법에 대해 알아야 하고, 대형 마트가 되면 고용에 관련된 노동법에 대해 알아야 하고, 대형 기업이 되면 그에 맞는 법에 대해 알아야 한다.

"자기가 아는 세계 그리고 자기가 생활하는 세계가 다르면 당연히 그 정보를 알 필요는 없죠. 전문가가 달리 전문가입니까?"

그 정보가 필요하지만 그걸 익힐 시간이 없어서 돈을 주고 고용하는 게 바로 전문가다.

"그런데 그게 문화적인 면에서도 적용되거든요, 단순히 이해하기 힘든 국영수가 아니라."

예술품을 보면서 감동하는 것도, 공연을 보는 것도 결국 자신의 지식이나 취향이나 이해의 영역에 들어간다.

"만일 현대의 드라마에 익숙한 세대에게 1980년대 드라마를 보여 주면 어떨까요? 가령 그…… 뭐더라? 〈수사팀장〉?

그런 거요."

"아, 그거 명작이지."

〈수사팀장〉. 한국에서 가장 유명했던 80년대 드라마 중 하나다.

"에헤, 그거 저는 재미없던데요?"

그런데 의외로 고연미 변호사가 안다는 듯 끼어들었다.

"그게 재미없다고?"

"네, 너무 허술하고 뭐랄까, 감성적이기만 하고."

"그게 얼마나 명작인데."

"요즘 좋은 수사물이 얼마나 많은데요. 그건 수사물이라고 보기도 애매하고."

그 말에 어이없는 표정이 되는 김성식. 그걸 본 노형진이 웃었다.

"하하하, 그런 얼굴 하지 마세요. 지금 대표님이 봐도 재미없을 테니까."

"그럴까?"

"시대가 바뀌고 취향도 바뀌니까요."

아무리 〈수사팀장〉이 그 시대에 인기 있는 프로그램이라고 해도 취향도, 그 작품을 쓰는 작가의 평균 학력도, 그리고 그걸 보는 시청자들의 학력도 달라졌다.

더군다나 수십 년간 본 드라마가 한둘이 아닐 텐데 지금 〈수사팀장〉 같은 오래된 작품을 보면 감흥이 올까?

"아마 도리어 '이게 그렇게 재미가 있었나?' 하는 생각이 들 겁니다."

"그런가?"

"네, 그리고 이런 방송도 마찬가지죠."

자기 수준에 맞는 방송을 보면서 낄낄거리는 것.

"사회적으로도 영향이 있고요."

"사회적 영향?"

"최근에 재미있는 실험이 있지 않았습니까? 아이들에게 욕을 금지하고 대화하라고 했던."

"아하!"

좆도, 시팔, 등등 온갖 욕으로 대화하는 세대.

그래서 방송국에서 한 가지 실험을 했다. 욕 없이 대화하기.

그러자 많은 아이들이 말 그대로 꿀 먹은 벙어리가 되었다. 대화의 시작이 욕이었던 탓에 머릿속에서 대화를 시작하는 법 자체를 인식하지 못했기 때문이다.

일반적으로 아는 사람끼리 하는 '밥 먹었어?'라는 간단한 질문도 '새끼야, 밥은 처먹었냐?'라고 표현했고, 그게 친근한 대화라고 생각했던 애들이다. 그런데 '새끼야'도, '처먹었냐'도 못 쓰니까 뭔 말을 할지 몰라 바보가 되었던 것.

"자기가 쓰는 언어의 지배를 받는다 이거군요."

"맞습니다. 세상이 좀 그렇지 않습니까?"

착실하게 공부해서 돈을 버는 사람도 있지만 코인이니 주식이니 사기니 하면서 일확천금을 바라는 시대.

그 시대에 돈은 많으나 인성이나 삶의 방식이 떨어지는 사람들이 어디로 갈까?

"개천용이랑 비슷한 거군."

"개천용이요?"

서세영은 전혀 모르겠다는 얼굴이었다. 그럴 만도 했다. 그녀도 나름 개천용이긴 하지만 그래도 노형진의 지원을 받아서 상대적으로 편하게 올라왔으니까.

"옛날에는 그런 경우가 많았어. 개천에서 용 났다고 표현하는, 가난한 집에서 성공한 사람은 말이지, 부잣집이나 권력자의 집안에서 사위로 많이 들였거든. 그런데 그렇게 갑자기 신분이 올라가면 거기에 적응하는 게 쉽지 않아."

어제까지만 해도 친구들과 삼겹살에 소주잔을 기울이면서 '씨팔, 조팔'을 외치던 사람들이 갑자기 부자들 사이에 끼어서 와인을 기울이며 세계나 국내 정세에 대해 이야기하는 게 쉬울까?

물론 어느 쪽이 더 좋은 문화라고 보기는 애매하다. 친구들과의 우정은 마음이 편하고, 그런 정세 이야기는 많은 걸 알게 해 주니까.

하지만 그 두 세계는 같지 않다.

"그런데 말이지, 거기에서 두 가지로 나뉜다네."

사위가 되었지만 과거에서 벗어나지 못한 누군가가 과거

의 언어 습관을 계속 내보인다면 집안에서 인정받지 못하고 그저 바깥으로 나돌게 된다.

하지만 과거의 언어 습관을 버린 누군가는 그 안에서 적응하고 흡수해서 자연스럽게 소위 상류사회에 자연스럽게 녹아든다.

"졸부들이 원래 그런 방식 아니었습니까?"

"하긴."

졸부는 언제든 있어 왔다. 그런 졸부들 중 누군가는 상류사회에 들어가려고 노력하지만 누군가는 익숙하고 편한 세계에 남으려고 한다.

졸부가 졸부라고 놀림을 받는 이유가 바로 그거다. 돈이 있어 상류 사회에 속한 것처럼 굴고 싶어 하지만 그들의 행동 그들의 언어를 따라 하지 못해서 돈만 많은 천박한 행동만 하게 되니까.

사람이 사용하는 언어의 지배를 받는다는 것이란 그런 것이다.

"오렌지족 같은 애들 말이지."

"온라인 오렌지족이라고 보시면 되겠네요."

"흠."

"다른 하나는 중독이죠."

"중독이라니?"

"말 그대로입니다. 솔직히 정치인들이나 부자들과 대화하다 보면 온갖 말장난에 돌려 말하기로 인해 답답해 미치는 경우가 어디 한두 번입니까?"

사람이 사회적으로 높은 자리에 있을수록 그 사람에게는 돌려 말하거나 자신의 내심을 말하지 않는 게 하나의 예절로 인식되는 편이다.

극단적으로 감정을 드러내면서 누군가가 적대하는 건 위험하기도 하고 또 불합리하다고 생각되기 때문이다.

"그런데 그걸 아주 대놓고 말하면 누군가는 속 시원하게 생각하죠."

"돌려 말하는 게 마음에 안 든다?"

"네, 생각해 보세요. 멀리 갈 필요도 없지 않습니다. 여기서는 대놓고 까고 속 시원한 사이다를 이야기하는데 저쪽에서는 정의와 규칙을 이야기하고 있으면 어디로 갈 것 같습니까?"

변호사들이 바보라서 협박 안 하는 게 아니다. 노형진도 마음만 먹으면 재판이고 뭐고 신경 안 쓰고 여기저기 전화 몇 통 하는 것만으로 회사든 사람이든 조질 수 있다. 하지만 변호사니까 인내하며 법의 방식을 선호하는 것뿐이다.

"하지만 사이다라는 건 못 끊지."

"그렇죠."

물론 올바른 말을 시원하게 하는 것에 중독되는 거라면 괜찮다. 사이다는 그나마 불법도 아니고 문제 될 것도 없다.

하지만 그게 마약이라면?

"이런 방송이 마약이라 이거군."

"맞습니다. 악화가 양화를 구축한다. 딱 그런 거죠."

이 방송에서는 사람이 말하는 건 재미없고 자극적이지도 않고 속이 시원하지도 않다. 그에 반해 저 방송에서는 본능을 마구 표출해도 누구도 뭐라고 하지 않는다.

사회적으로 성희롱이나 성추행을 용납할 수 없지만 거기서는 대리만족이 된다. 여성 방송인에 대해 성추행이나 성희롱을 해도 여자는 저항하지 못한다.

"철공소 놈들의 약자에 대한 공격도 마찬가지죠, 대리만족. 사회적으로 용인되지 않는 행동, 그걸 보면서 쾌감을 느끼는 겁니다."

내가 우월한데 사회적 시선이나 책임 같은 문제로 하등한 약자를 공격할 수는 없다. 내가 공격할 수야 있겠지만 그게 선을 넘어 버리면 법의 제재가 들어온다. 그렇다고 자기들이 그러한 법의 영역에서 벗어나기에는 권력이 약하다.

"법이 따라가는 건 돈이 아니라 권력이기는 하지."

돈이 많다면 권력이 따라올 가능성이 높은 거지, 돈이 있다고 해서 무조건 권력이 따라오는 게 아니다.

내가 돈이 있다고 약자를 두들겨 패서 반병신을 만들면 돈만으로는 틀어막을 수 없지만, 권력이 있다면 검사에게 뇌물을 주고 정당방위 같은 걸로 풀려날 수 있다.

"여성 방송인도 마찬가지죠."

말주변도 없고, 콘텐츠를 재미있게 짤 능력도 없으니 자신을 꾸밀 줄만 안다면 힘들게 방송하는 것보다는 벗는 게 빠르다.

그리고 남자는 그런 여자에게 돈을 퍼 주면서 접대받거나 높은 사람으로 인정받는 느낌을 받는다. 돈만 많이 주면 회장님이니 뭐니 하면서 온갖 애정을 보여 주니까.

"그런 게 서로에게 맞는 거죠."

내 욕망과 사회적인 우월성 그리고 돈과 외모.

"그래서 온라인 룸살롱이라고 하는 겁니다."

기본적으로 술이 없고 현장에 없다 뿐이지 룸살롱에서 이루어지는 심리적 행동은 비슷하다는 거다.

"흠."

회의실 안의 사람들은 각자 많은 생각을 하면서 침묵을 지켰다. 그때 지금까지 조용히 듣고만 있던 무태식이 물었다.

"이해는 하겠는데요. 그러면 이거 어떻게 해야 합니까? 공연 음란죄로 신고해야 하나요?"

"무리죠. 이미 방송을 확인했습니다만 모두 살짝 벗어나더군요."

야하게 입기는 하지만 벗지는 않는다. 가슴골은 보여 주지만 가슴 자체를 보여 주지는 않는다. 공연음란죄에서 거는 것은 무리다.

"그러면 그 성희롱이나 성추행은? 친고죄 풀렸잖아?"

"그것도 안 돼. 친고가 풀린 거지 개인의 의사가 우선이잖아."

"응?"

"만일 우리가 신고했는데 피해자가 '아닌데요?'라고 하면? 역으로 우리가 무고로 엮일 수도 있어."

"아…… 맞다. 그러네."

성추행이나 성희롱은 개인의 의사가 중요하다. 물론 반의 사불벌죄가 사라지기는 했지만 그렇다고 해서 피해자의 의견이 우선인 건 당연한 거다.

"확실히 애매하지."

방송에 나와서 성희롱이나 성추행을 당했다고 해도 그게 서로 짠 거라면 이쪽만 멍청이가 되는 거다. 역으로 무고죄로 저쪽에서 고소할 수 있는 핑계가 될 수 있다.

"그러면 뭐로 고소하지? 경제적으로 비비TV를 공격할 생각인가?"

노형진은 그 말에 고개를 흔들었다.

"아니요. 그건 아닙니다. 아직은요. 애초에 그럴 시점도 아니고요."

"그러면?"

"일단은 세금 문제로 공격할 생각입니다."

"탈세로? 탈세가 확실히 가능하기는 하겠지만."

버는 만큼 많이 내는지는 아무도 모르니까.

"아, 탈세 아닙니다. 탈세로 보기에는 애매하군요. 뭐, 아직 규칙이 없으니까 문제가 되기는 할 겁니다."

당연히 탈세로 공격할 거라 생각했는데 그게 아니라니, 다들 어리둥절한 얼굴이 되었다.

"그러면 뭐로 하려고요?"

"일단은 두 가지입니다. 첫 번째, 기부금. 두 번째, 증여."

"기부금?"

"기부금이라니?"

"인터넷에서 말입니다, 그런 놈들에게 주는 돈을 뭐라고 하는지 아십니까?"

"응? 잘 모르네만."

당연하게도 김성식은 몰랐다. 문제에 대해서는 알아도 그 자세한 단어 같은 건 모를 수밖에 없었다. 안 해 봤으니까.

"도네라고 하잖아요, 그거."

하지만 아직 젊은 고연미 변호사는 바로 알아들었다.

"네, 맞습니다. 그리고 도네라는 건 도네이션의 축약어죠."

"네, 맞아요."

"그러면 도네이션을 한국어로 번역하면 뭐라고 하죠?"

"그거야 기부금이지?"

"그래, 기부금이지. 자기들끼리도 기부금이라고 부르지. 그런데 기부에 관한 법률에서 뭐라고 되어 있지?"

"어?"

"그러고 보니?"

"허, 나도 그 생각은 못 했는데."

그 말에 다들 눈이 커졌다. 그도 그럴 게 도네이션은 기부금이라는 의미인데, 한국은 기부금을 받는 행위에 대해 아주 강력하게, 정확하게는 기부 금품 모집에 관한 법률로 규정하고 있기 때문이다.

"1천만 원 이상의 기부금은 모집자 모집 등록 그리고 용처 등을 모두 등록하고 허가를 얻어야만 받을 수 있게 되어 있지. 그런데 말이야, 이놈들이 하는 행동 어디에서 그런 게 보여? 심지어 기부 금품 모집에 관한 용처는 사회운동으로 엄격하게 통제되지."

"어?"

그 말에 다들 묘한 표정이 되었다. 확실히 그랬으니까.

매년 수백억의 도네이션을 받고 있지만, 심지어 온라인 룸 살롱이라 불리는 엑셀 방송인지 뭔지를 하면서 막대한 돈을 받고 있지만 그들에게는 아무런 권한도, 자격도 없다.

"기부금이라는 게 애매하지? 그렇지?"

"그러네? 다른 용어라고 하면 모를까, 자기들끼리 기부금이라고 하잖아?"

도네라 축약해서 부르지만 그건 누가 봐도 도네이션이다.

"내가 공격하고자 하는 부분은 바로 그거야. 도네이션의 법리적 해석에 대한 공격."

"하지만 세금은 내고 있□아."

서세영은 이해가 안 간다는 듯 고개를 갸웃했다.

"아무리 비비TV라고 해도 세금도 안 낼 것 같지는 않은데? 그리고 국세청이 얼마나 독한데 그놈들이 세금을 안 걷을 리가 없잖아. 그 피할 수 없는 게 죽음이랑 세금이라면서."

실제로 유튜만 해도 세금 문제로 한동안 시끄러웠다. 과거에는 미국의 법이 돈을 버는 국가에서 세금을 내는 구조였는데, 갑자기 미국 기업이면 미국에도 세금을 내도록 바뀌면서 미국과 한국에서 이중으로 세금 떼는 구조로 바뀌었기 때문이다.

"그거야 어디까지나 하이퍼챗 같은 온라인 방식만 그런 거지. 그 계좌로 넣어 주는 것은 신고도 안 하지."

"하긴, 그건 그런데."

"그리고 어느 쪽이든 말이지, 애매한 건 마찬가지야."

그 말에 김성식도 묘한 표정이 되었다.

"확실히 단 한 번도 이건 생각해 본 적이 없군. 법적으로 이거 성격이 규정된 적은 없는 것 같은데?"

"맞습니다. 정확하게는 이것의 법리적 해석에 관해 규정해 준 적이 없죠."

소위 '도네'라고 불리는 행위. 도네이션의 약자이니까 기부금이라고 보기에는 그걸 받는 방송인도, 그걸 중계하는 플랫폼도 자격이 없는데, 심지어 신고도 안 했다.

"그러니 기부금이라고 보기도 애매하지요. 그렇다고 그걸 증여로 보느냐? 그것도 애매하거든요."

"그래도 굳이 분류하자면 증여 아니야?"

서세영은 한참을 고민하다가 말했다.

"도네이션이라는 이름을 쓰고 있지만 오빠 말대로 이건 아무리 봐도 기부금이라는 성격은 아니니까. 내가 상대방 변호사라면 도네이션이 아니라 도네이션에서 파생된 도네라는 신조어니까 증여라고 주장하겠어."

"정답. 오, 역시 우리 세영이. 실력 많이 늘었는데~."

노형진이 씩 웃으며 말했다.

"사실 나도 그렇게 생각하고 있어."

"그런데 왜?"

"아마 굳이 분류하자면 증여일 거야. 그러면 증여에 관한 법률상 최대 기부금은 얼마일까?"

"그거야 50만 원…… 엥?"

서세영은 그 말을 하다가 눈이 커졌다.

"잠깐, 그렇게 되면? 그 증여세는 조상님이 내주나?"

"하하하, 맞아. 증여세가 문제가 되지. 물론 일반인들이야 거기에 해당될 일이 거의 없을 거야."

실제로 그런 방송을 보면 소위 회장님이라는 인간들이 100만 원, 200만 원은 우습게 쏜다. 명백하게 증여다.

"증여세 과세 한도는 1회당 50만 원, 10년 이내 1천만 원 이내거든. 그리고 소위 회장님이라고 불리는 놈들은 말이야,

한 번에 수천만 원도 쏘지."

"그렇지? 이거 증여세 대상이 맞네?"

설사 회당 50만 원씩 나눠서 낸다 해도 증여한 게 1천만 원이 넘는 순간 빼도 박도 못 하는 증여세 대상자가 된다.

"그렇지."

"하지만 그건 근로소득으로 봐야…… 음…… 그러네요? 근로소득도 아니잖아요, 이거?"

"맞습니다."

근로소득이라면 노동력을 제공해서 근로자로 인정받고 그걸 통해 보상받아야 한다.

"그리고 근로소득으로 현시점에는 적용되고 있죠. 뭐, 그 뭐더라…… 미션? 그건 근로소득으로 볼 수 있고요."

미션이란 방송에서 뭔가를 시키고, 성공하면 보상금을 주는 걸 말한다.

가령 게임을 켠 김에 왕까지 가는 걸로 100만 원을 걸었는데 실제로 해냈다면, 그래서 돈이 지급되었다면 충분히 근로소득으로 볼 수 있다.

"하지만 다른 도네이션은 그게 아니죠."

노동을 요구한 것도, 진짜로 노동한 것도 아니다. 소위 말하는 유료 채팅 같은 경우에는 노동 없이 나오는 돈이다. 뭐, 그건 보통 천 원에서 천만 원 사이이기 때문에 증여로 봐도 증여 대상은 아니지만.

"애매한데, 그거?"

"애매하지."

물론 유권해석으로 노동에 관한 부분으로 세금을 부과하고 있기는 하다. 그리고 그런 소액은 신경 쓸 게 별로 없기는 하다.

"하지만 소위 회장님이라고 불리는 사람들은 다르지."

작게는 수천만 원에서 크게는 수억까지. 한 사람에게 척척 그 돈을 내놓는다?

그것도 일대일로 본 적도 없고 볼 일도 없고 만질 수도 없는 모니터 속 너머의 여자한테?

"저라면 그렇게 못 합니다."

"확실히 그건 그렇지."

"그리고 그에 대해 재미있는 소문이 있더군요."

"무슨 소문?"

"경쟁을 자극하기 위해 가짜로 돈을 준다."

"아, 그럴 수도 있기는 하겠군."

사실 질 안 좋은 사이트에서 미묘한 가짜 경쟁을 만들어 내기 위해 가짜 후원금을 주는 걸 띄우는 건 딱히 비밀도 아니다. 한 사람이 100만 원을 후원하는 걸 보고 경쟁이 붙어 버리면 단돈 10만 원이라도 더 내놓게 되니까.

"다른 하나는 확실하지는 않습니다만."

"확실하지 않다니?"

"자금 세탁의 수법이라는 이야기가 있더군요."

그 말에 다들 얼굴이 굳었다. 경쟁을 유도하기 위해 가짜 후원을 띄우는 것까지는 괜찮다. 하지만 자금 세탁이라는 건 누가 봐도 범죄 자금을 세탁한다는 걸 의미하니까.

"그게 확실한가?"

"소문일 뿐입니다. 제대로 검사한 적은 한 번도 없죠. 하지만 무시는 못 할 일입니다."

"어째서 말인가?"

"인터넷에 과거에 갓 데뷔한 하꼬 방송인을 인터뷰한 게 있거든요."

인터뷰어는 나름 잘나가는 조회수 평균 100만 이상이 나오는 유명 방송인이었고 인터뷰이는 데뷔한 지 고작 두 달 된 여성 방송인이었다.

"그런데 그 여성 방송인이 말입니다, 두 달 사이에 1억을 벌었다고 하더군요."

"1억?"

"네, 그게 가능하리라 생각하십니까?"

"확실히…… 불가능하겠군."

물론 인기가 많은 사람이고 또 방송하기 전에 유명세라도 있었던 사람이라면 가능할지도 모른다. 하지만 그 여성 방송인은 그게 아니라 아예 생초짜에 얼굴도 알려지지 않은 사람. 평균 시청자가 천 명도 안 되는 하꼬 중에 하꼬였다.

"그거 그런 거 아니야? 회장 놀이?"

그러자 듣고 있던 서세영이 빠르게 캐치한 게 있었다.

"그렇잖아. 그 인터넷에서 하꼬방만 찾아다니며 돈 뿌리면서 회장님 소리 듣고 거들먹거리는 애들."

"그런 놈들도 있겠지. 그런데 말이야, 너 같으면 100만 원만 넣어도 회장님 되는데 1억을 넣겠냐?"

"하긴 그것도 또 그렇다."

소위 회장님이라고 하는 큰손들은 찾아가는 방송인들이 다 있다. 하꼬를 찾아다니면서 방송에 후원금을 넣는 타입들은 아주 큰손인 경우가 드물다.

말 그대로 작은 금액으로 회장님 소리 들으면서 거들먹거리고 싶은 사람들이 대부분.

"그리고 이상한 게 또 있지."

"또 있다고."

"방송인의 사생활은 알려지지 않았지만 또 아예 비밀인 것도 아니거든."

자신의 사무실에서 방송하거나 하는 게 일반적이고 몇몇 특수한 경우에는 적지 않은 무대를 꾸미기도 한다.

"아, 그 개념에 문제 있어 그거?"

"그래, 그런 거."

'개념에 문제 있어?'라는 희대의 유행어를 만든 인터넷 방송 프로그램. 방송인들을 모아서 만들었던 프로그램으로, 만드는 데만 10억이 넘게 들었다고 한다.

물론 그 이상으로 뽑아냈지만.

"그런데?"

"그런 사람들은 말이지, 잘 벌어. 수십억을 제작비로 집어넣을 만큼."

"그렇지."

"그런데 그 비비TV나 어디 질 안 좋은 곳에서 헐벗는 놈들이 사는 거 봐. 이상하지 않아?"

"응?"

그 말을 서세영은 이해하지 못했다. 하지만 고연미는 확실히 묘한 표정이 되었다.

"그렇게 풍족해 보이지는 않죠."

"그렇죠?"

"풍족하지 않다고요?"

"그쪽 세계에서는 의외로 재산이 드러날 일이 많아요."

서로 자주 만나고 싸우고 이혼하고, 그러다 소송하는 등 온갖 더러운 꼴이 자주 튀어나오니까.

"방송이야 원래 스튜디오에서 하는 거니까 그렇다고 쳐도 말이지."

매달 십수억을 벌던 방송인이 갑자기 망한 후에 생활고를 호소한다거나 하는 경우가 생각보다 많았던 것.

물론 돈이라는 게 끝도 없이 쓰이는 것이기는 하다. 하지만 그렇다고 해도 그 수익의 사용처가 불분명한 경우도 많다.

"확실히 이상하기는 하군."

"네. 물론 전부 다 그런 건 아닐 겁니다. 하지만 아시죠, 비비TV 그다지 질이 안 좋은 거."

"그렇지."

당연히 거기에서 방송하는 사람들 중 일부는 그 안에서도 악질로 통한다.

"대표적인 예가 바로 철공소 놈들이죠."

약자를 공격하고 그 후에 그걸 콘텐츠 삼아 돈을 뜯어내는 놈들.

"철공소가 작년에 낸 수익이 200억 이상이라는 소문이 있더군요."

"으음⋯⋯."

"아마 그중 상당수가 자금 세탁이라고 생각합니다."

"어째서 말인가?"

"생각해 보세요. 철공소에서 하는 콘텐츠가 대중적입니까?"

"그건 아니지."

약자를 공격하는 걸 좋아하는 놈들은 막장 중에 막장이다. 그런 놈들이 흔하지는 않을 거다.

"그런데 그런 콘텐츠를 좋아하는 놈들은 아주 이기적인 성격일 겁니다."

"하긴 그렇군."

"그런데 철공소 놈들은 남자만 세 명입니다."

예쁜 여자도 아니고 뭔가 보기 좋은 것도 아니다. 자신들을 즐겁게 해 준다고 돈 썩어 문드러지는 놈들이 수천만 원쯤 줘여 줄 수야 있겠지만 수억씩 줘여 준다?

"아무리 부자고 정신이 나갔어도 억 단위가 되면 이야기가 달라집니다."

차라리 그 돈으로 더 예쁜 방송인한테 후원하면서 어떻게 만남 자리를 좀 만들어 보려고 하는 게 인간이다.

"솔직히 철공소 놈들이 만나고 싶은 호감도 있는 미남은 아니잖아요?"

인텔리는커녕 얼굴에서 무식이 뚝뚝 떨어지는 타입이다. 옷 스타일도 그렇고 말이다.

"그리고 조사해 보니까 말입니다, 그놈들도 그 엑셀 방송을 하더군요. 피해자도 거기서 당한 거고요."

엑셀 방송은 막장 중에서도 막장이다. 튀어야 사는 거고 벗어야 돈을 번다.

"그리고 피해자는 그중에서도 하꼬 중에 하꼬였습니다."

그 방송에 출연한 건 철공소 세 명과 여자 여섯 명. 철공소가 사회를 보고 콘텐츠는 여자 여섯이 이끌어 간다. 뭐, 콘텐츠라는 게 노골적이고 뻔했지만.

"그리고 그 방송 보니까 뭐랄까, 자격지심과 열등감이 미쳐서 날뛰더군요."

굳이 분류하자면 대룡그룹의 엔터테인먼트 연습생은 주류 중에 주류라고 할 수 있다. 그런데 다른 곳도 아닌 비비TV의 여성 방송인? 막장 중에 막장이라고 볼 수 있다.

　그리고 그렇게 바닥에 떨어진 사람에게 사람들은 호의적이지 않다. 도리어 열등감을 느끼고 물어뜯는다.

　그 당시 방송도 출연진이 다 해서 열 명인데 아홉 명이 피해자 한 명만 미친 듯이 물어뜯는 구조였다.

　'그 자살한 모델 출신 방송인도 그랬지.'

　아무리 바닥으로 내려왔다지만 모델 출신, 그것도 주류 모델 출신이다. 그런데 그 방송에 출연한 다른 방송인들은 주류도 아닐뿐더러 그런 세계에 들어갈 만큼도 안된다.

　그래서 그 당시에 모든 공격이 그 사람에게 쏠렸고, 남자 출연자들은 노골적으로 성추행하면서 낄낄거렸다.

　"그런 방송에 억대의 돈을 준다라……."

　"음 음…… 확실히 애매하군요. 자금 세탁의 수법으로 쓸 수도 있겠어요."

　"그러겠어요. 아직 세무서에서도 유권해석을 제외한 자금의 흐름을 제대로 읽어 내는 것 말고는 아무것도 하지 못하고 있는 시점이니까."

　노형진의 말을 들으며 다들 어느 정도 수긍했다.

　"그러니 일단은 간단하게 증여로 인한 탈세로 가죠."

　"대상은 역시 철공소 놈들이지?"

"당연하죠. 그놈들이 이번 사건의 주범 아닙니까?"

사람을 죽였는데도 반성은커녕 여전히 같은 컨셉으로 약자를 공격하고 돈을 벌고 있다.

"그러면 고소부터 해야 하나?"

"아니지. 방송 좋아하니까 방송을 해야지."

"응?"

"방송 좋아하잖아. 그러니까 우리도 방송해야지."

"방송을 하자고요?"

"네, 저쪽에서 막장 좋아하니까 막장. 한번 해 봅시다, 후후후. 막장 드라마는 한국 고유의 콘텐츠 아니겠습니다."

노형진은 씩 하고 웃었다.

⚖

인터넷 방송. 어떤 사람들은 수준이 낮다는 둥 급이 안 된다는 둥 이야기하지만 사실 노형진은 다르게 생각한다. 도리어 좋게 생각하는 편이다.

왜냐하면 엔터테인먼트 시장에서 끼가 있지만 자리가 없어서 활동 못 하는 그런 사람들에게는 끼와 재능을 펼칠 수 있는 기회가 되기 때문이다.

실제로 과거에는 공중파에서는 인터넷 방송으로 흥한 사람을 하나둘 불러들이는 분위기였다. 하지만 그런 사람들과 달리 재능도 없고 개념도 없는 사람들은 방송에서 흥하기 위한 방법이 하나뿐이었다.

"야, 이수아."

"네, 오빠."

"장난해? 장난하냐고."

철공소의 멤버인 이철수는 마음에 안 든다는 듯 여자의 머리를 손가락으로 꾸욱 눌렀다.

"수금이 뭐? 300? 씨팔? 300만 원? 이 미친년이? 돌았나?"

"죄송해요."

"죄송하면 다야? 이년아. 이 돈이면 방송 준비금도 안 되는 거 몰라?"

"죄송."

"아, 닥치고 약속대로 해. 부족한 거 200만 원. 네가 메꿔."

그 말에 이수아라고 불린 방송인의 얼굴이 노래졌다.

"하지만 오빠, 그럴 돈이……."

"너 출연하기 싫어? 출연하기 싫으냐고. 근본도 없는 하꼬를 데려와 줬더니 이년이 개념이 없네? 내가 뭐라고 했어? 최소한 500은 벌어야 한다. 안 그러면 부족분은 자비로 메꾸는 게 규칙이다. 말했어, 안 했어?"

"하지만……."

"닥치고 내놔라. 연습생 출신년이라고 해서 좀 기대했더니."

"……."

"아니면 벗든가. 내가 한 번에 30만 원씩 쳐줄 테니."

그 말에 이수아라고 불린 여자는 지그시 입술을 깨물었다. 그러더니 힘이 빠진 목소리로 말했다.

"보내 드릴게요, 돈."

"독한 년. 너 똑바로 해. 이 바닥에서 너 하나 묻어 버리는 거 일도 아니야."

"죄송해요."

"꺼져, 쌍년아."

그 말에 이수아는 고개를 푹 숙이고 사라졌다. 그러자 그걸 보고 있던 다른 철공소의 두 멤버가 키득거렸다.

"우리 철수 까였네."

"거봐, 내가 그랬잖아. 너랑 자느니 200만 원 낸다니까."

철공소는 이철수, 박공만, 최소훈이 세 사람이 가운데 글자를 따서 만든 팀이었다.

"닥쳐, 씹쌔야. 까탈스러운 년이네, 저거."

"굳이 데려와서는 뭔 고생이야."

박공만이 짜증을 냈다. 그러자 최소훈이 비웃음을 날렸다.

"이철수 저 새끼가 어떻게든 잡숴 보고 싶다잖냐."

"지랄 났다. 미친 새꺄, 너 지난번에 쟤랑 친인척 뭐 그런 거라고 하지 않았냐?"

"나랑 한 8촌쯤 될걸."

"그런데 그런 애에게 손대고 싶다고?"

"그러니까 먹는 맛이 있지. 배덕이라는 게 그런 거잖아."

"미친 새끼."

박공만은 혀를 끌끌 차면서 들어온 돈을 확인하며 말했다.

"그건 네 아랫도리가 알아서 할 일이고, 저년은 돈이 안돼. 벗는 것도 제대로 못 하고 춤도 별로고."

"춤을 못 추는 게 아니라 너무 전통파야."

비비TV에서는 잘 추는 게 중요하지 않다. 섹시하고 홀릴 수 있게 야하게 추는 게 중요하다.

하지만 연습생 출신인 이수아는 잘 추긴 하지만 섹시하지는 않다. 춤이 너무 섹시하면 방송에 나가지도 못하기 때문에 정해진 룰 안에서만 춰야 하기 때문이다.

"저년이 오늘만 해도 −200인데. 계속 데려갈 거야?"

"어차피 메꿀 거잖아. 그리고 내가 저년 먹버 하기 전에는 포기 못 해."

"독한 새끼."

사람들이 잘 모르는 비밀 중 하나. 그건 이런 엑셀 방송은 출연자가 출연료를 받는 게 아니라 도리어 방송 운영자에게 줘야 한다는 것이었다.

왜냐하면 엑셀 방송을 오픈하기 위해서는 무대도 준비해야 해서 돈이 많이 드는 데다 애초에 엑셀 방송을 하는 놈들은 죄다 톱클래스일 수밖에 없기에 그 혜택을 보기 위해서다.

그런데 그렇게 방송을 나왔는데 소위 말하는 코인이 부족하게 들어왔다? 그러면 방송에 출연한 여자는 자기 돈으로 그걸 메꿔야 한다.

노형진이 달리 온라인 룸살롱이라고 하는 게 아니다.

룸살롱에는 하루 쉬면 그날 그 사람이 돈을 못 버는 걸로 끝이 아니라 그로 인해 주인이 못 번 돈을 근무자가 갚아 줘야 했던 시절이 있었다. 그런데 그런 경우 하루당 벌금을 300만 원씩 내야 해서 사실상 공공연하게 갈취를 당했는데, 지금의 이 엑셀 방송도 그와 같은 형태로 굴러가고 있었다.

"그래서, 오늘 수금한 거 얼마야?"

"오늘 방송한 거 2억 4천만 원."

"오늘 수익 왜 그따위야? 애새끼들 돈 떨어졌나?"

"야, 이수아 그년이 하꼬라 따라오는 애들이 없어서 그래. 그러니까 그년 빼자니까. 실라 데려와. 들어오고 싶어서 발정 났는데. 갠 불러 준다고 하면 대 줄걸."

"강남 성괴는 취급 안 한다."

서로 티격태격하면서 돈을 정산하던 이철수와 박공만. 그걸 보고 있던 최소훈이 혀를 끌끌 찼다.

"그런데 인재 풀을 좀 늘리기는 해야 하는데 말이지."

"실라 데려오자니까."

"저거 꼴 보니까 벌써 먹었네 먹었어."

키득거리면서 정산하는 그때, 누군가가 그들이 있는 곳으로 다급하게 들어왔다.

"형님들."

"오, 우리 근식이 뭔 일이냐?"

"형님, 지금 좆 된 것 같습니다."

"뭘 좆 돼? 또 인터넷에서 누가 우리를 까 대?"

"근식아, 근식아. 그런 것도 신경 쓰면 우리 아무것도 못 한다."

이철수와 박공만 그리고 최소훈은 죄다 감방 동기였다. 그곳에서 결탁해서 철공소를 만들고 활동하고 있었던 것.

그래서 어지간한 것으로는 눈도 꿈쩍도 안 했다.

"그게 아니라 지금 연락이 왔는데 노형진 변호사가 자기네 채널을 만들었답니다."

"뭐, 누구? 걔가 누군데?"

"뭐 하는 새낀데?"

사는 세계 자체가 다른 정도를 넘어서 아예 시사 자체에 관심을 가지지 않는 놈들이니 노형진이 누군지 전혀 모를 수밖에 없었다.

"그 유명한 변호사인데 그 새끼가 저희 저격 채널을 만들었답니다."

"우리를 저격해?"

"짜식, 그걸로 뭘 겁먹어. 하꼬 새끼가 자기들 인지도를 올리겠다고 우리 저격하는 게 뭐 하루 이틀이야?"

철공소는 비비TV에서 아주 강력한 자리를 차지하고 있

다. 그래서 가끔 인지도를 올리겠다며 저격하는 하꼬 방송인이 등장하기도 한다.

하지만 그런 경우 대부분 자신들이 비비TV에 지랄 발광하며 한마디만 하면 역으로 하꼬 녀석의 채널이 폐쇄당했다.

"그거 비비TV에 연락해서 폐쇄하라고 해."

"변호사 새끼가 뭐가 주워 먹을 게 있다고 여기를 들어와?"

철공소 멤버들은 아주 편하게 생각했다. 하지만 이내 이어지는 근식이의 말에 점점 얼굴이 굳어졌다.

"그거 연락 온 거, 비비TV에서 온 겁니다."

"그러면 알아서 폐쇄하겠네."

"그게 안 된답니다. 노형진 그놈은 너무 위험해서 잘못 건들면 비비TV가 날아간다고요."

"뭐?"

그 말에 세 사람은 순간 얼굴이 굳었다. 아무리 그래도 비비TV 같은 기업이 꼬리를 마는 경우는 드무니까.

"그 노형진이라는 새끼가 힘 좀 있냐?"

"그 대룡하고도 일하는 놈이고 한국에서 가장 강력한 변호사 중 한 명이랍니다."

대룡이라는 말에 철공소 멤버들은 당황했다. 아무리 세상 물정을 몰라도 대룡이라는 곳을 모를 수는 없으니까.

"아니, 미친? 그런 인간이 우리를 왜 노려?"

"모르겠습니다."

"이거 이래도 되는 거야?"

"저도 모르겠습니다. 그런데 비비TV에서는 답이 없답니다. 진짜로요."

"아, 씨팔. 이거 좆 된 거 아니야?"

세 사람은 다급하게 어떻게든 방법을 찾으려고 했다. 하지만 그런다고 해서 방법이 나올 리가 없었다.

"야, 최소훈. 너 아는 사람이 변호사라고 했지?"

"그랬지."

"한번 찾아가 보자."

"그러자."

그들이 할 수 있는 건 아는 변호사를 찾아가는 것뿐이었다. 그러나 그런다고 해서 누구도 그들을 지켜 줄 수는 없었다.

⚖

"그런데 노 변호사님, 이 컨셉 괜찮은 겁니까?"

노형진이 아무리 잘났다고 해도 결국 사람이고 뭐든 잘할 수는 없다. 그래서 노형진은 전문적인 일은 전문가에게 맡기는 게 맞다고 생각하고 적당한 전문가를 섭외했다.

"문제 될 것은 없습니다만?"

"네? 하지만 이건 누가 봐도……."

"네, 저격이죠."

저격. 인터넷에서 쓰는 용어 중 하나다.

원래 저격은 원거리에서 적을 살해하는 행동을 말한다. 하지만 인터넷에서는 누군가를 특정해서 그 사람을 공격하는 의미로 쓰인다.

"그런데 저격하게 되면 그 뭐냐, 명예훼손 뭐 그런 거 아닙니까?"

대룡의 인터넷 방송사인 하이스카이에는 그런 전문가들이 넘쳤기에 그런 사람들이 충실하게 준비해 줄 수 있었다. 문제는 법률적인 문제.

"아, 문제없을 겁니다."

"진짜로요?"

"네, 그 명예훼손 같은 몇 가지 조건만 충족되면 충분히 면책이 되거든요."

"그러면 이번에는 그게 면책 대상인 겁니까?"

"맞습니다."

일단 대중의 피해를 막기 위한 공익적인 목적이 있을 것.

실제로 비비TV와 철공소에서 하는 행동들이 대중에게 피해를 주는 경우가 많아서, 그걸 저격하는 건 충분히 공익적인 목적이 있다고 볼 수 있다.

"더군다나 제가 그걸 위해 언론사를 만든 거고요."

물론 개인이 그런 행동을 하면 공익적 목적으로 입증하는 게 쉽지 않다. 하지만 명목상의 언론사라도 신고하게 되면 자연스럽게 그런 부분에 대해 입증책임이 면제되는 부분이 있다. 언론사라는 게 사회 고발성 집단이기 때문이다.

"음……."

하이 스카이의 직원은 그 말에 떨떠름한 얼굴이 되었다. 다른 제3자를 저격하기 위한 방송이라는 게 위험하다는 걸 알고 있기 때문이다.

"너무 걱정하지 마세요. 애초에 이런 시사 프로그램을 만든 게 처음도 아니시잖습니까?"

"그렇기는 한데 공중파에 나가는 거였던지라……."

"유통 채널만 바뀐 거지, 똑같다고 보시면 됩니다. 도리어 유통 채널이 바뀐 만큼 더욱 자유도가 높죠."

물론 대놓고 신상을 까발리는 건 조심스럽다. 하지만 그것과 별개로 방송법에서 통제되지 않기에 좀 더 과감하게 만들 수 있기도 하다.

"그런데 왜 하필이면 비비TV입니까? 이해가 안 가는데요? 차라리 외부에 채널을 만드는 건 어떠십니까? 유튭이나 뭐 그런 데요."

"물론 그곳이 깔끔하죠. 하지만 이런 말이 있죠. 호랑이를 잡고 싶으면 호랑이 굴로 들어가라."

"사이트가 그거랑 상관이 있습니까?"

"있습니다. 그것도 아주 밀접하게요."

비비TV는 막장이다. 그리고 동시에 극도로 마니악하다.

그 덕에 그 안에서 벌어지는 온갖 막장스러운 행동이 외부로 나가지 못한다.

"그래서 외부에는 그걸 보는 사람이 별로 없죠."

"하긴 보는 사람만 보는 편이긴 하죠. 플랫폼마다 분위기가 다르니까요."

"맞습니다."

유튭을 보는 사람은 비비TV를 안 본다. 다른 인터넷 방송 플랫폼을 보는 사람도 마찬가지다.

"그러면 외부에서 비비TV를 저격한들 무슨 의미가 있습니까? 솔직히 지금 철공소 저격한 사람이 어디 한둘입니까?"

"하긴 막장이기는 하죠."

애초에 철공소 멤버들은 모두 교도소에 다녀온 전과자 출신들이다. 그런 방송을 좋다고 보는 사람들이 외부에서 씹는다고 해서 관심이나 가질까?

"아니죠."

도리어 그들 입장에서는 '저 새끼 또 지랄한다.'라고 할 거다.

"외부에서 씹는 건 별 타격이 없죠."

"그런데 비비TV에서 씹는 건 다른가요?"

"다르죠."

"어차피 방송해 봐야 엄청나게 분탕 칠 겁니다."

노형진은 그 말에 고개를 끄덕거렸다.

어딜 가나 팬덤은 그런 면이 있다. 라이벌 구도가 생기면 한쪽을 미친 듯이 공격한다.

하물며 라이벌도 그 난리인데 대놓고 저격? 아마 죽이려고 달려들 거다.

"제가 노리는 게 그거라서요."

"네?"

"그렇게 분탕질을 당하면 보통 사람들은 충격 받거나 질려서 멈추죠. 그런데 제가 그런 일에 당황할 사람으로 보이십니까?"

"음…… 그건 아니죠."

노형진은 그런 행동에 눈도 깜짝 안 할 거다. 도리어 그걸 이용해 먹을 거다.

"도리어 분탕을 치는 놈, 분탕 구경하러 오는 놈, 그리고 그 안에서 저를 실드 치면서 싸우는 놈 등으로 아마 비비TV는 개판 될 겁니다."

"실드요?"

"비비TV가 개판이고 막장이지만 그렇다고 해서 그곳 이용자 모두가 철공소를 좋아하는 건 아니거든요. 정확하게는 떡밥을 던지는 거죠."

철공소를 싫어하는 사람이 뭉칠 수 있는 구심점. 그게 바로 노형진이 되는 거다.

그리고 그들이 싸우기 시작하면 이슈가 되고, 그 자체로 비비TV와 철공소에는 압박이 가기 시작한다.

"물론 방송은 개판이 될 겁니다. 하지만 개판일 때는 사람들은 실수하기 마련이죠. 방금 그러셨죠? 명예훼손이 조심스럽다고요. 그런데 그놈들은 어떨까요?"

철공소를 지지하는 놈들, 분탕을 치고 싶어서 발작하는 애들.

"저 변호사입니다, 박 PD님. 유튭하는 사람들 중에 변호사들 많지 않습니까?"

그런데 그런 사람들에게는 악플이 안 붙는다. 왜냐, 법적인 처벌이 이루어질 테니까.

"빡대가리만 붙어서 악플을 달겠네요."

"네."

그리고 그들을 고소하는 건 어렵지 않다.

"게다가 그런 이슈를 통해 다른 방법을 구할 수 있죠."

"다른 방법이요?"

"인간은 자신이 남들보다 선하고 우월하기를 원하거든요."

캣맘도 그런 감정의 발로다. 물론 그게 나쁜 감정은 아니다. 하지만 그걸 엉뚱하게 해소해서 문제가 되는 거다.

"만일 제가 피해자들을 구제하는 모습을 보여 주고 들어온 돈을 피해자들을 위해 쓰겠다고 약속한다면 사람들은 어떻게 할까요?"

"아하!"

당연히 적지 않은 돈을 줄 거다. 그리고 노형진은 그걸로 피해자들을 구제하면서 철공소를 공격할 수 있다.

"그러면 궁극적으로 비비TV를 동시에 조질 수 있게 되는 거죠."

철공소가 비비TV에서 최고로 큰손 중 하나다. 하지만 방송 중 하나가 철공소를 공격한다? 그런데 그쪽도 큰손이다?

"채널 폐쇄 못 합니다, 절대로."

전쟁이 터지면 가장 큰 피해를 입는 곳은 어디일까? 공격 측? 방어 측?

아니다. 전쟁터 그 자체 지역이다. 중국과 미국 간에 전쟁이 터지면 가장 큰 피해를 입는 건 한국이다. 왜냐하면 필연적으로 한국은 그 전쟁에 끌려 들어갈 수밖에 없는데, 미국도 중국도 자기네 땅에서 전쟁하기는 싫을 테니 한국에서 전쟁하고 싶어 할 테니까.

"비비TV가 그런 겁니다."

노형진의 채널을 폐쇄하자니 노형진이 무섭고, 철공소의 채널을 폐쇄하자니 철공소는 비비TV 최고의 수익 채널이다.

그렇다고 둘 다 그대로 두자니 두 거대 채널이 대놓고 치고받으면서 싸우면 채널이 개판이 된다.

"아, 그래서 굳이 비비TV를 이용하시는 겁니까?"

"그것도 있지만 동시에 비비TV 시청자들이 막장에 익숙하거든요."

"막장? 아, 하긴 그런 거 있어요."

방송인들 중 상당수는 자기 채널에서 타 방송인을 언급하

는 걸 금지하는 편이다. 사이가 안 좋을 수도 있고 홍보 목적
일 수도 있으니까.

그래서 보통은 합방하거나 둘이 아주 친해서 일종의 밈같
이 엮이는 관계이거나 하는 경우 외에는 다른 방송인에 대한
언급을 막는다.

회사 측에서도 타 방송인을 저격하거나 싸움이 나면 그걸
내려 버리거나 경고하거나 계정을 정지시키는 등 분란이 생
기는 걸 최대한 막는 편이다.

하지만 비비TV는 그렇지 않다. 왜냐, 막장이야말로 돈이
되니까.

그 엑셀 방송에서 대놓고 무시하고 성추행하고 비하하는
걸 그냥 두고 보는 마당에 다른 채널에서 저격하는 걸 막을
리가 없다.

"비비TV로서는 그게 자기들을 갉아먹는다는 걸 알면서도
두고 보는 수밖에 없는 거죠. 애초에 비비TV의 운영 방식이
그거 아니었습니까?"

"확실히 그건 그렇습니다."

비비티지는 미래의 가능성을 팔아먹으면서 성장하는 분위
기다. 운영도 막장이고 미래에 대한 구체적인 계획도 없다.

대우해 주는 것도 돈만 되면 얼마든지 해 준다.

"제가 만일 비비TV의 사장이었다면 절대로 연습생 출신
이 철공소 같은 놈들과 어울리게 두지 않았을 겁니다."

연습생들은 엔터 업계 기준으로는 상당히 훈련된 인원이다. 그걸 깡그리 날려 버리고 바닥으로 처박는다는 건 조금이라도 사업할 줄 아는 놈들이라면 절대로 용납하지 않을 일이다.

"확실히 그런 건 있습니다."

"잘 아시나 보군요."

"저도 업계에서 계속 일하니까요."

비비TV 내부에도 다른 사람들이 없는 건 아니다. 하다못해 테스트 채널이라도 만들어서 일반 방송을 하자는 의견이 회사 내부에 있었다.

하지만 비비TV의 사장은 돈이 안 된다는 이유로 그걸 철저하게 무시한다고 했다.

"테스트 채널이 뭔지도 모르나 보군요."

말 그대로 테스트다. 제대로 송출되는지, 그리고 그곳에서 이루어지는 방송에 대해 시청자들이 좋아하는지에 대해 알아보는 채널이 바로 테스트 채널이다.

물론 초반에 유지비가 적잖이 들어갈 테지만 장기적으로는 그게 영향을 받을 수밖에 없다.

그런데 그게 당장 돈이 안 되니까 테스트 채널도 운영 안한다는 것은 사장이 회사를 얼마나 근시안적으로 운영하는지를 드러내는 셈이다.

"그러면 일단 노 변호사님의 채널이 돈만 된다면 그냥 두겠네요."

"맞습니다."

노형진은 고개를 끄덕거렸다.

"그리고 그런 막장을, 비비TV의 채널 시청자들은 아주아
주 좋아하지요."

그런 개판인 상황을 보면서 즐거워서 비명을 지를 거다.

"악화가 양화를 구축한다. 그건 반대도 되는 거죠."

그놈들이 나쁜 걸로 좋은 걸 몰아낸다면 이쪽은 더 나쁘고
더 자극적인 걸로 그놈들을 몰아내면 되는 일.

"어떻게 대응할지 저는 진짜 궁금한데요? 후후후."

물론 어떻게 대응하든 노형진은 절대로 질 자신이 없었다.

방송인 노형진

　노형진이 비비TV에 채널을 열었다. 너무 황당해서 사람들은 믿지 않았지만 방송이 시작되자 자연스럽게 사람들이 모여들기 시작했다.

　노형진이라는 네임 밸류는 절대로 무시할 수 있는 사람이 아니니까. 그리고 그곳에서 노형진은 철저하게 철공소를 저격했다.

　물론 대놓고 철공소라는 이름이나 멤버들의 이름을 공개하지는 않았다. 아무리 언론사로서 등록했다고 해도 죄가 확정되지 않은 상황에서 그런 방송을 하는 건 위험부담이 있으니까.

　하지만 그렇다고 해서 방법이 없는 건 아니었다.

"그래서, 그들이 어떻게 했다고요?"

"저한테 그러더군요, 한 번만 빨아 주면 자기가 띄워 주겠다고."

얼굴을 모자이크로 가린 피해자의 증언. 그리고 그 증언은 간단했다. 유명세를 이용해서 자신과 잠자리를 가져 준다면 방송에 출연시켜 주겠다.

"그래서 뭐라고 하셨나요?"

"당연히 거절했지요. 그랬더니……."

"그랬더니요?"

"얼마 후부터 저격당하기 시작했어요."

"그 사람들의 팬으로부터요?"

"아니요. 그 사람들의 팬도 아니었어요."

"그러면요?"

"다른 여성 방송인들이요."

"그 사람들이 왜 A 씨를 저격하죠?"

"그 사람들, 그 팀에서 하는 방송에서 같이 출연하는 사람들이거든요."

그런데 그들이 갑자기 자신들의 개인 방송과 채널에서 피해자를 저격하기 시작했고, 그걸 본 그들의 팬들이 갑자기 방송에 난입, 분탕을 치면서 피해자를 신고하기 시작했다고.

"처음에는 그냥 차단하면서 어떻게든 해결하려고 했거든요. 그런데 그 숫자가 한둘도 아니고, 솔직히 저희 팬은 한

줌도 안 되는데 그 수백 배가 몰려오니…….”

채널에 와서 욕설을 날리고 모욕하고 성희롱하는데, 아무리 방송인이라고 해도 버틸 만한 능력이 되지 않았기에 그녀는 결국 방송을 접을 생각을 할 수밖에 없었다고.

“그러면 그 후에 방송을 접으신 겁니까?”

“안 그러면 제가 죽게 생겼으니까요.”

이름도, 채널명도 밝히지 않아 누구인지 알 수 없는 증언.

‘아직은 말이지.’

하지만 아마도 알 사람은 알 거다. 최소한 그 당사자들은 알 거다.

“그러면 그 후에는 어떻게 지내셨어요?”

“우울증으로 1년간 약 먹었어요.”

철공소 놈들의 피해자들을 찾는 건 어렵지 않았다. 왜냐하면 철공소는 자기들의 수익이 나는 영상을 하나도 내리지 않았기 때문이다.

그랬기에 그들이 뭘 하는지, 그리고 그들이 어떤 식으로 사람을 가지고 노는지를 증명하는 건 어렵지 않았다.

“그러면 그 사람들을 고소하거나 하지는 않았나요?”

“하려고 했죠. 그런데 증거가 없었어요.”

피해자는 그렇게 말하면서 입술을 깨물었다.

“녹음 파일이라도 하나 있으면 좋을 텐데…….”

“그러면 비비TV에는 안 돌아오실 겁니까?”

"돌아갈 생각 없어요. 그 팀, 비비TV에서 알아주는 놈들이에요. 그놈들에게 찍히면 아예 활동 자체가 불가능해요."

그렇게 몇 번의 증언이 끝나고 노형진은 피해자에게 감사의 인사를 건넸다.

"증언 감사합니다. 이런 의견 하나하나가 정의를 이룩하는 데 큰 도움이 될 겁니다."

"복수……해 주실 수 있나요?"

"복수요? 복수는 안 해 드립니다."

"네?"

"저희 채널의 목적은 사회 공언이지 복수가 아닙니다."

"아아~."

그 말에 이해한다는 듯 피해자는 고개를 끄덕거렸다.

"저는 상관없어요."

결과적으로 그놈들이 망한다면야 목적이야 무슨 상관이 있겠는가?

"기대하고 있겠습니다."

"감사합니다."

노형진은 그 후에 시선을 돌려서 카메라를, 정확하게는 카메라 너머에 있을 누군가들에가 말했다.

"국민 여러분, 부처님께서는 중생을 구제하기 위해 스스로 지옥으로 들어가셨다고 합니다. 저와 새론은 피해자를 구하기 위해 그곳이 어디든 찾아가겠습니다. 도움이 필요한 분들은 언제든 저희를 찾아와 주세요."

아직 시작도 안 한 거다. 실제로 아직 드러난 정보만으로 사람들은 그들이 누군지는 모를 거다. 하지만 그들, 즉 철공소는 이미 알고 있었다.

'어디 한번 발악해 봐라 개새끼들아, 후후후.'

그리고 노형진의 예상대로 철공소 멤버들은 다급하게 방송분과 증언을 챙겨서 변호사를 찾아갔다. 그리고 변호사인 최소훈의 외삼촌인 전태권 변호사는 전반적으로 상황을 살피더니 눈을 찡그렸다.

"이래서는 아무것도 못 하는데?"

"아무것도 못 한다고요?"

"그래, 이러면 아무것도 못 해."

"네? 왜요?"

"당연하지. 피해자가 나온 건 사실이지만 너희가 특정된 게 아니잖아."

그 상황에서 소송한다고 길길이 날뛰면 그냥 대놓고 자신들이 범인이라고 홍보하는 꼴밖에 안 된다.

"더군다나 이미 소문나기 시작했고."

노형진은 유명인이다. 그런 사람이 대형 플랫폼도 아니고 비비TV같이 작은 곳에서부터 방송을 시작한다는데, 사람들이 관심을 안 가질 리가 없다.

실제로 노형진이 방송에서 인터뷰한 피해 사실은 이미 주요 언론사들이 기사화하고 있는 상황.

"이대로는 아무것도 못 해."

"아니, 외삼촌. 그 비비TV에 항의해서 뭐라고 못 해요?"

"비비TV도 애매해지."

지금 노형진은 가해자의 신상을 까지 않은 상태에서 방송 중이다. 공식적으로 채널의 컨셉은 현실의 사이다.

방송을 통해 범죄자를 특정하고 그의 몰락을 보여 준다는 컨셉. 사람들이 좋아할 만한 컨셉이고 돈이 되는 컨셉이다.

애초에 채널명조차도 현실판 사이다.

노형진의 이름을 뺀 건 노형진이 계속 운영할 것이 아니지만 그렇다고 나쁜 아이디어도 아니기에 자연스럽게 신인 변호사를 투입해 홍보 목적으로 사용하기 위해서였다.

그리고 그 과정에서 취한 방법이 바로 가해자의 신분을 감춘 채로 범죄만을 공개하는 것.

형사처벌이야 변호사가 아니라 경찰이나 검찰이 할 일이고, 그렇게 처벌이 이루어지면 그 이름의 공개는 기자들이 알아서 할 테니까.

물론 다른 사이트에서도 이미 이름은 등록해 두고 있다.

애초에 비비TV는 철공소 놈들을 노리고 온 거지, 길어지면 다른 중계 사이트로 옮겨야 할지도 모르니까.

"그런데 그걸 비비TV에서 막아 봐라. 비비TV에서 범죄자를 옹호한다는 소리밖에 더 나오냐?"

"끄응."

"더군다나 비비TV 소속이라는 이야기도 안 하고 있고 말이지."

전태권은 긴 한숨을 내쉬며 말했다.

"더군다나 너희들이 잘 모르는 것 같은데 비비TV는 노형진의 심기 절대로 못 건드려. 내가 장담하는데, 노형진의 심기를 건드리면 비비TV가 망하기까지 한 달도 안 걸릴 거다."

"그 정도예요?"

"그 정도? 너무 일을 쉽게 생각하는 거 아니냐?"

변호사는 짜증스러운 얼굴로 최소훈에게 말했다.

"내가 누차 말했잖니, 너희의 컨셉은 너무 위험하다고."

"하지만 그게 돈이 되는데……."

"돈 되는 도둑질을 하면 편하겠지. 그런데 그게 아니잖니."

온갖 법적인 문제가 잔뜩 있다. 그동안은 별문제가 없었다. 비비TV 쪽에서도 실드를 쳐 주고 있었으니까.

하지만 이제는 상황이 달라졌다.

"당분간은 조용히 있어. 특히 너희가 하는 그 약자를 유린하는 콘텐츠."

"〈우월한 인간〉이요?"

"프로그램 이름이야? 하여간 꼬라지하고는. 그거 하지 마."

"네?"

"그건 문제가 된다고."

그간은 어찌어찌 틀어막을 수 있었다. 다급한 사람을 대상으로 하는 거였고, 그 과정에서 푼돈을 합의금이랍시고 선금형태로 던져 줬기 때문에 다급한 사람들은 어쩔 수 없이 울며 겨자 먹기로 그걸 받아들여야 했다.

"하지만 새론 그 새끼들을 대상으로는 그 짓 못 해. 그 새끼들은 그런 일을 막겠다고 급한 돈을 자기들이 먼저 주고 추후에 너희들 숨통을 조여서 돌려받을 새끼들이야."

다른 곳이라면 그런 행동을 못 한다. 하지만 새론은 한다. 돈에 여유도 있는 데다가 힘도 있으니까.

그런데 재판에서 지고도 돈 없다고 배 째라를 시전한다?

그러면 째 주면 된다. 일본 야쿠자든 중국 삼합회든 그걸 사서 장기를 털어 가고 싶은 폭력 조직은 넘치고도 넘친다.

"꿀꺽."

"젠장."

"그거 돈 좀 되는데."

그 말에 이철수와 박공만 그리고 최소훈은 긴장하면서도 안타까워했다.

"그 뭐냐, 워드 방송? 그게 돈이 더 된다면서?"

"엑셀 방송이요. 그리고 매일 그것만 할 수는 없잖아요."

"그러면 휴방을 하든가."

그 말에 세 사람은 고개를 절레절레 흔들었다. 아깝지만 어쩌겠는가?

"다른 컨셉을 찾아볼게요."

"제발 그래라."

전태권은 긴 한숨을 쉬면서 말했다.

"나도 다른 사람도 아닌 노형진하고 싸우고 싶지는 않으니까."

⚖

"프로그램이 바뀌었다고?"

"응, 확인해 봤는데 우월한인지 찌질한인지 그 프로그램 사라졌던데? 그거 대신에 뭐더라? 〈노래하는 아가씨들〉이라는 프로그램 생겼던데?"

"〈노래하는 아가씨들〉? 설마 여자 방송인들을 불러서 노래 시키냐?"

"응."

"쯧쯧, 작명 실력하고는."

하긴, 애초에 범죄자 출신의 무식한 놈들이 고차원적인 프로그램을 만들어 낼 수 있을 리가 없다.

'그렇잖아도 방송국도 PD들이 제대로 된 프로그램을 만들어 내는 게 힘들어서 서로 베끼고 베끼는 상황인데.'

방송국 채널이 많아지면서 자연스럽게 능력자가 부족해지고 특히나 외주 시스템으로 돌아가면서 능력 좋은 PD들은 외주 받아서 일하지, 박봉인 방송국에서는 일 안 하는 분위기였다.

그 바람에 방송국, 심지어 공중파 내부에서도 소속 PD들의 질적 하락이 심각한 문제로 대두되고 있는 상황.

"뭐, 말이 〈노래하는 아가씨들〉이지 그 엑셀 방송이랑 하나도 안 다르더라."

다른 점이라곤 엑셀 방송은 헐벗은 채로 춤추는 거고 〈노래하는 아가씨들〉은 헐벗은 채로 노래하는 것뿐.

"누가 온라인 룸살롱 아니랄까 봐."

노형진은 그 말에 피식하고 비웃음을 날렸다.

"그런데 오빠, 이러다가 이놈들을 감옥에 보낼 수 있어?"

"있어. 어차피 우리가 공개 안 해도 기자들이 조만간 실명을 공개할 거야."

단 한 명이라도 그들을 특정해서 공개하는 순간, 모든 언론이 철공소 멤버들을 공격하기 시작할 거다.

"이미 알 사람은 알걸."

기자들 중에서도 철공소 방송을 보는 놈들이 있을 테니까.

"그런데 오빠, 이거 가지고 끝난 건 아니지?"

"응? 아니야. 조만간 소송에 들어갈 거야, 실명이 공개되면."

"차라리 탈세로 신고하면 안 되나?"

"말했잖아, 애매하다고. 말로야 도네니 어쩌니 하지만 지금 유권해석으로는 일단 임금으로 보고 있으니까. 그리고 그렇게 고발할 타이밍이 아니기도 하고. 모든 일에는 순서가 있는 법이야."

확실히 노형진은 증여로 인한 탈세로 보고 고발할 예정이지만 현시점에서 국세청은 정당한 노동의 대가로 보고 세금을 부여하고 있다.

"그렇지?"

"그러니까 그걸 깨기 위해서는 그들이 범죄를 저질렀다는 확실한 증거가 필요해."

"그런데 이런다고 그게 생겨? 누가 가져온다고, 증거를?"

"걱정하지 마. 어차피 그 증거는 철공소 놈들이 가져올 테니까."

"뭐, 믿을 수가 없지만."

서세영은 머리를 긁적거렸다.

"오빠가 그렇다고 하니 그렇겠지, 뭐."

"좋아. 그러면 난 오늘 방송하러 간다. 이거 해 보니까 은근 재미있네?"

노형진은 자리에서 일어나며 피식 웃었다.

"종종 할까 봐."

"그렇잖아도 1등 댓글이 뭔지 알아?"

"뭔데?"

"다음번에는 누구를 조질까?"

"와, 내가 그렇게 유명해졌나?"

"현실의 사이다 채널 하나 보겠다고 비비TV 가입자가 폭증했다더라."

노형진은 그 말에 미소를 지었다.

"그러면 방송인으로서 우리 팬님들을 실망시켜 드릴 수는 없지, 흐흐흐."

⚖️

사이다 채널에서 죄는 하나둘 까발려지기 시작했다.

그리고 차근차근 드러나는 범죄 사실에 경찰도 수사를 시작 안 할 수가 없었다.

특히 세 번째 증언이 나오자 걷잡을 수 없이 굴러가기 시작했다.

-저희 딸은 그렇게 갈 애가 아니었어요.

대룡에서 철공소를 인식하게 된 사건.

그리고 대룡에서 노형진에게 은밀하게 사건을 맡게 된 계기.

연습생 자살 사건.

그게 외부로 터진 것이다.

물론 당사자가 사망했기에 인터뷰는 유가족이 했다.

-제 딸이 뭘 그렇게 잘못했어요. 제 딸은 그저 가수가 되고 싶어 했어요. 삐~에서 오픈한 것도 이상한 게 아니라 그저 커버곡을 부르는 채널이었다고요. 그런데 삐~놈들이 띄워 준다며 접근해서는 우리 애를 그 삐~놈들에게 소개시켜 주고 자기들은 모른다고 하고 있다고요. 그 삐~놈들이 다 망했으면 좋겠어요.

그렇게 '삐~'라는 소리로 지워졌지만 사람들은 이제 슬슬 분위기가 이상하다는 것을 알 수 있었다. 그간 있었던 사건들. 그게 하나둘 철공소를 특정하기 시작했으니까.

그리고 그 과정에서 노형진이 원하는 그림이 그려지기 시작했다.

"유 회장, 오랜만입니다."

"이 회장님, 어쩐 일이십니까?"

유민택은 대충 상황을 알고 있었지만 모른 척했다. 노형진이 이미 이야기한 게 있었으니까.

"조용히 하고 싶은 이야기가 있어서요."

"음…… 그러시죠. 김 실장, 당분간 아무도 못 들어오게 해."

"네, 회장님."

이 회장을 안내한 남자가 고개를 숙이고 나가자 유민택은 이 회장을 마주 보고 앉아서 입을 열었다.

"바쁘신 와중에 어쩐 일이십니까, 이 회장님?"

"다름이 아니라 이번에 그 철공소랑 비비클럽? 그놈들 때문에 말이야."

"비비클럽이 아니라 비비TV입니다."

"그래, 비비TV. 하여간 그놈들 어쩔 거야?"

"그걸 왜 물어보시는지 모르겠습니다만, 당연히 조져야지요."

노형진은 드디어 그 문제를 공개한 이유.

그건 간단했다. 복수를 위해서였다.

복수라는 건 남의 손을 빌려도 되지만 자기 손으로 하는 게 제일이다. 그런데 유민택은 대룡으로서 비비TV와 철공소에 복수하고 싶어 한다.

문제는 이유도 없이 공격하면 그건 기업 간 악행밖에 되지 않는다는 것. 그리고 이미지 관리하는 대룡으로서는 그게 마이너스다.

하지만 이제 언론에서는 연습생이 자살한 문제를 떠들고 있다. 그리고 대룡의 이미지 중 하나가 '자기네 사람을 건드린 놈은 조져 버린다.'라는 이미지다.

노형진은 그런 격발 스위치를 누르기 위해 피해자와 인터뷰했고 대룡은 자연스럽게 '복수!'를 외치면서 이제 문제에 슬슬 끼어들 준비를 하고 있었다.

그렇다 보니 사람들도 대룡의 복수는 정당하다고 이야기

하지, 거대 회사의 갑질이라고 생각하는 사람은 드물었다.

"그거 복수는 좀 자제해 주면 안 되나?"

그 말에 유민택이 눈을 찡그리면서 말했다.

"이 회장님, 지금 말은 못 들은 걸로 하겠습니다."

"아니, 사정이 있어서 그래."

"저희 대룡에 대해 아실 텐데요? '은혜는 열 배로, 원수는 백 배로'입니다. 저희가 어떻게 성화를 날렸는지 모르시지는 않잖습니까? 설마 저희 대룡과 전쟁이라도 하시겠다는 겁니까?"

"아이고, 이 사람아. 노친네한테 무슨 무서운 소리를 하나."

이 회장은 그 말에 손을 휘휘 저었다.

"내 손자 때문에 그래."

"손자요?"

"그래, 나는 사실상 그룹에서 은퇴했고 이제는 내 아들이 운영하고 있지 않나?"

"그건 알고 있습니다만."

"그런데 그 막내 손자가 아무래도 능력이 부족해서 말이지. 자네도 알지? 티엑스라고, 애들이 모여서 만든 곳. 거기에 적잖이 돈을 넣은 모양이야."

"네, 알고 있습니다."

"거기서 비비TV에 투자를 좀 크게 했거든."

이 회장인 유민택이 이미 티엑스에 대해 안다는 걸 몰랐기에 애써 한참을 설명하면서 상황을 이해시키려고 노력했다.

"그런데 지금 비비TV가 날아가면 그 돈이 다 날아간단 말이지."

"그래서 지금 저보고 복수를 하지 말아 달라는 겁니까?"

"복수하지 말아 달라는 게 아닐세. 최소한 투자금을 회수할 정도의 시간은 달라 이거지."

"회수요?"

"그래."

"흠……."

그 말에 유민택은 모른 척 고민했다. 이렇게 될 줄 알았기에 사실 고민할 필요는 없었지만 이 회장을 속여야 했기 때문이다.

오늘 만난 건 이 회장이지만 이 뒤에 몇몇 재벌가가 있다는 건 딱히 비밀도 아니다.

"저희는 포기 못 합니다. 우리 애를 건드렸어요. 우리 애를 그딴 식으로 죽인 곳을 그냥 두자는 건 우리보고 전쟁하자는 겁니다."

"이 사람아, 누가 그런 거 모르나. 시간만 좀 달라는 거야, 시간만. 그리고 우리가 투자금을 회수하는 것 자체가 복수 아닌가?"

"어떻게 보면 그렇지요."

티엑스컴퍼니에서 투자한 돈을 환수한다고 하면 비비TV는 난리가 날 수밖에 없다. 그 돈이 있을 리가 없으니까.

아마 건물에서 계좌까지 싹 다 털려야 할 거다.

"우리 애들이 적잖이 돈을 넣은 모양인데 말이지."

그런데 대롱에서 선전포고를 한다? 비비TV는 그날로 지옥행이다. 주가가 걷잡을 수 없이 바닥에 처박힐 거다.

"끄응."

유민택은 아주 모르는 척 고민했다. 그러다가 이내 고개를 끄덕거렸다.

'은혜를 입혀 두란 말이지.'

내가 아닌 상대방이 부탁하는 거라면 상관없다고 했고 실제로 이 회장은 그런 부탁을 하고 있다.

지금이야 이 회장 한 명일 테고 아마도 조만간 다른 사람들이나 기업에서도 연락이 올 거다.

"그러면 알겠습니다. 일단 발표는 2주 미뤄 두겠습니다."

"2주 말인가?"

"그렇잖아도 저희 새론에 대해 말이 많습니다. 도의적인 책임이라는 게 있지 않습니까?"

"도의적인 책임이 어디 있나. 방출한 애라며? 그러면 남남이지."

그 말에 유민택은 그저 쓰게 웃었다. 정상적인 사람이라면 그렇게 생각할지도 모른다.

'하지만 또 그렇지는 않단 말이지.'

법적으로 남남이니 도의적으로도 사실 남남이라고 봐도

무방하다. 그러나 내 사람은 지킨다는 개념은 특히 연습생들을 데려가는 입장에서는 중요하다.

'상황이 그런 줄도 몰랐으니 원.'

인재가 부족하다. 인구가 줄어드는 것은 단순히 노동력이 줄어드는 걸 넘어서 인재가 줄어든다는 것.

그리고 유튭 같은 곳에서 개인적으로 활동하는 영역이 늘어나자 고생하면서 연습생을 하려는 사람은 더 줄어들었다.

'믿음을 줘야 한다라…….'

그래야 재능 있는 사람이 믿고 온다. 그 말을, 유민택은 어느 정도 이해할 수 있었다.

대룡이 재계 서열 2위에 올라갈 수 있었던 가장 큰 이유는 단순히 성화를 집어삼키거나 해서가 아니었다. 내부 결속을 단속하고 인재가 들어올 통로를 확보한 덕분이었다.

'그런 걸 위해서라면…….'

그리고 자기 사람이었던 아이를 위해서라면 복수를 못 할 이유는 없었다.

"딱 2주입니다. 준비는 모두 끝내고 2주 후에 선전포고할 겁니다."

유민택의 말에 이 회장이 고개를 다급하게 끄덕거렸다.

"알았네. 2주 안에 끝내도록 하지. 내 자네에게 빚졌어."

그 말에 유민택은 미소 지었다. 노형진의 말대로 되었으니까.

"나중에 갚으시면 됩니다."

그렇게 비비TV의 운명의 날은 2주간 유예되었다.

⚖️

"아이고, 형님. 500코인 감사합니다. 야, 혜정아. 우리 형님께 찐하게 한 춤 뽑아 드려라."

1코인은 1천 원이다. 그러니까 500코인이면 50만 원인 셈.

그게 한 방에 들어오자 혜정이라는 방송인이 앞에 나가서 화려한 춤사위를 뽐냈다. 물론 잘 춘다기보다는 노골적인 춤이었지만.

"우리 형님들, 그러면 내일 이 시간에 다시 뵙겠습니다."

그렇게 또 한 번의 엑셀 방송이 끝나고 카메라가 꺼지자 대번에 철공소 멤버들의 분위기가 어두워졌다.

"씨팔, 좆 된 것 같은데, 이거?"

"반도 안 들어오잖아?"

평소에는 한 번 방송하면 못해도 3억 언저리는 들어왔다. 그런데 오늘 들어온 돈은 간신히 1억 넘는 돈.

물론 고작 열한 명이 방송해서 단 여섯 시간 만에 그 돈을 벌었으니 절대 작은 돈은 아니었다. 하지만 평소에 비하면 이건 너무 줄어든 액수였다.

"이거 우리가 특정된 것 같은데."

농담이 아니라 실제로 지금 채팅창에서 이상한 소리를 하는 놈들이 엄청나게 늘었다. 매니저가 재빠르게 차단을 박고 있었지만 그래도 소문이 도는 건 어쩔 수가 없었다.

오늘만 해도 '콩밥이 기다린다.'라거나 '님들 조땜 듯'이라거나 대놓고 '개새끼들아, 너희가 사람이냐?'라고 묻는 등 슬슬 소문이 돌고 있었다.

"지난번의 자살 이야기, 그년이지?"

"그런 것 같은데?"

"씨팔, 개 같은 년. 한 번도 대 주지 않았으면서 뒈져서도 문제를 일으키네."

"이철수 이 빡대가리야? 넌 대가리가 아래에 달렸냐? 왜 아가리만 열리면 그 소리야?"

박공만은 이철수의 말에 화가 난 듯 입을 열었다.

"아니, 씨팔. 뭐가 어때서?"

"어떻긴, 미친 새꺄. 네가 성추행만 안 했어도 어떻게 넘어갔을지도 모르잖아."

"아깝잖아, 연습생 출신이라고 반반한데."

"아, 씹. 이 미친 새끼가? 아직도 정신 못 차리고……!"

두 사람이 싸우려고 하자 최소훈이 그 둘을 말렸다.

"뭐 하자는 거야. 애들 아직 있어."

눈짓을 하자 뭔가 불안한 눈빛으로 이쪽을 바라보는 방송인들. 하기야, 그 여자들도 지금 올라오는 채팅을 못 봤을 리가 없으니까.

"자 자, 오늘은 그만하고. 정산은 우리가 해서 보내 줄게."

"네, 오빠."

"일단들 들어가 봐."

결국 최소훈이 강제적으로 분위기를 흐리면서 다른 사람들을 내보냈다. 하지만 그렇다고 해서 그들의 모든 문제가 해결된 건 아니었다.

"미치겠네, 씨팔."

"후우, 이걸 어떻게 하기는 해야 하는데."

자신들이 특정되고 점점 이슈가 늘어날수록 분탕을 치는 놈들도 늘어날 거다.

"어쩔 수 없다. 우리도 저격하자."

"야, 미쳤어? 그걸 하는 것 자체가 우리가 했다는 걸 증명하는 거 아니야?"

"어쩔 건데, 씨팔. 이 바닥에는 이 바닥 룰이 있다고. 꼬우면 이 바닥 룰로 붙자고 해. 우리가 이겨."

"그건 그렇지."

충성파 시청자는 이쪽이 엄청나게 많다. 노형진의 방송은 충성파를 키우는 작업을 안 하고 있기 때문에 노형진을 위해 싸우는 사람은 자기들이 정의롭다고 생각하는 아주 극소수 뿐이었다.

"그러니까 우리가 선빵치고 선동해서 나가떨어지게 하자."

"확실히 그 방법이 제일 잘 먹히지."

온갖 문제를 일으키고 온갖 싸움을 하는 철공소 패거리가 다른 방송인들과 분란이 없을 리가 없다. 아무리 비비TV가 막장이라고 해도 성추행을 좋아하는 여자는 없으니까.

누군가는 돈 때문에 그들에게 굽실거려도, 누군가는 자기 팬층도 확실하고 예민하게 반응해서 싸우기도 한다.

그럴 때는 비비TV가 알아서 차단을 안 해 준다. 일단 그쪽 여자 방송인들도 돈이 되는 사람이니까.

그럴 때 방법은 단 하나, 바로 세력전.

서로 저격하면서 자기네 팬덤을 보내서 공격해 멘탈을 박살 내고 잠수 타게 만드는 것이 바로 이들의 싸움 방식이다.

"노형진이라는 새끼가 멘탈이 강해 봤자 얼마나 강하겠어."

"그래, 동네 똥개도 자기 구역에서는 반은 먹고 들어간다고 하잖아."

최소훈의 말에 이철수와 박공만은 고개를 끄덕거렸다.

"저격하자."

자기들의 방식으로 자기들의 싸움을 하겠다는 그들.

하지만 그들은 노형진이 그걸 유도한 거라고는 전혀 생각도 못 하고 있었다.

　－노형진이라는 방송인 말입니다. 자꾸 헛소리하는데 그런 식으로 정보를 흘리면서 이 바닥을 더럽히고 있어요.

　－우리도 나름의 정보가 있단 말입니다.

　－보세요. 단시간에 저희에게 들어온 제보입니다. 그 인간이 얼마나 흉악한 인간인지 말입니다. 이 정도 제보가 쌓이는데 변호사라는 놈이 멀쩡한 인간이겠습니까?

　－그 새끼는 사람 새끼가 아니에요.

　화면상에서 '톱 시크릿'이라고 꽉 도장이 찍혀 있는 수백, 아니 수천 장은 되어 보이는 서류 뭉치를 들고 흔드는 철공소의 멤버들.

―그놈은 세상에서 퇴출시켜야 합니다.

　그렇게 떠드는 철공소 멤버들을 보던 고연미는 기가 막히다는 듯 입을 열었다.

　"저거, 빡대가리들 맞죠?"

　"맞을 겁니다. 그러니까 저따위로 살고 있죠."

　"톱 시크릿이라니? 뭔? 요즘 미드도 저따위로는 설정 안 잡는데."

　"그러니까. 수천 장의 톱 시크릿? 웬 톱 시크릿?"

　다들 기가 막혀 한다. 안 봐도 뻔하다. 저 종이들은 죄다 백지일 거다.

　"우리 보안이 비밀이 새어 나갈 정도로 허술한가?"

　"전혀 아니지."

　외부에서 접속할 수 있는 인터넷에 연결된 컴퓨터로는 톱 시크릿이라고 할 만한 컴퓨터에 접근하지 못한다. 오로지 내부 회선으로만 접근 가능하다.

　그리고 그중에서도 진짜 보안 중에 보안, 저들이 외치는 톱 시크릿은 아예 온라인 접근이 금지되며 오프라인으로 사전에 등록된 저장매체만을 통해 빼낼 수 있다.

　그런 걸 저렇게 뭉텅이로 쌓아 두고 휘두른다? 그럴 리가 없다.

　설사 그게 빠져나갔다고 해도 그건 노형진의 비밀이 아니라 새론의 비밀이다. 그리고 새론에 의뢰를 맡긴 수많은 사람들의 비밀이다.

그걸 새어 나가게 한다 한들 그걸로 뭔가 해 보는 순간 전국에 있는 기업들, 피해자들 그리고 의뢰인들이 그들을 죽이려고 달려들 거다.

"도대체 뭔 생각인 거야?"

서세영은 기가 막혀서 혀를 끌끌 찼다. 조금만 지능이라는 게 있다면 저런 병신 같은 짓은 못 할 테니까.

"생각이라는 걸 못 하니까 저러는 거야."

노형진은 비웃음 가득한 얼굴로 미소 지었다.

"인간은 자기 수준에 맞는 사람들을 만나지. 지금까지 만난 놈들이 저런 어설픈 놀음에 넘어가는 놈들이니까 계획이라는 게 딱 거기까지만 멈춘 거야."

하지만 조금이라도 사회와 기업이라는 시스템에 대한 지식이 있다면 누구도 저 말을 안 믿을 거다.

"어떤 면에서는 좀 충격적이네요."

"애석하게도 그게 현실입니다. 멍청한 놈들은 그냥 멍청해요, 다른 핑계고 뭐고 없이. 멍청이는 멍청이일 뿐입니다."

고연미는 저런 어설픈 속임수를 쓴다는 사실에 다시 생각해도 어이가 없는 모양이었다.

"그나저나 저놈들이 뭔 짓을 해도 상관은 없네만, 우리 채널에 공격이 들어오는 모양인데? 어떻게 생각하나?"

"그럴 거라 말씀드렸잖습니까?"

"그렇기는 하지. 하지만 도대체 뭔 생각이지? 우리가 변호사라는 거 모르나?"

"알지도 모르죠. 그렇지만 생각이 없으니까요."

단순히 와서 글을 쓰는 게 아니다. 욕하고 죄를 뒤집어씌우고 말도 안 되는 헛소문을 퍼트린다.

변호사 사무실에서 그걸 미쳤다고 그냥 봐주겠는가? 당연히 그걸 모조리 고소할 거다.

"사람들은 좌표가 찍히면 자기들이 우세해진다고 생각하더군요."

"우리가 변호사인데?"

"우리가 변호사 사무실이 아니라 변호사 협회라고 해도 아마 사람들은 신경 쓰지 않을 겁니다. 애초에 말입니다, 그 사람들이 보는 방송인 수준이 뻔하잖습니까?"

"하긴."

철공소 패거리 방송을 보는 놈들이 그다지 깊이 생각하는 타입은 아닐 거다.

"그리고 걸려도 상관없다는 생각도 하겠죠."

"걸려도 상관없다는 생각?"

"돈이 썩어 넘치거나 개털이거나 그렇지 않습니까?"

"아하!"

돈이 너무 많은 나머지 돈이 돈 같지도 않아서 벌금으로 나오는 수백만 원 따위는 우습지도 않은 인간들, 아니면 그냥 인생 포기하고 그런 방송이나 보면서 히히덕거리며 인생을 낭비하는 인간들.

그 두 타입이 철공소의 주요 시청자들이다.

"하긴, 시간이 애매하기는 하네?"

"그렇지?"

철공소의 방송은 보통 오후 2시부터 오후 8시까지 총 여섯 시간 동안 한다. 그런데 일반인들은 그 시간에 일하는 사람이 대부분이다.

당연하게도 그 시간에 방송을 볼 수 있는 사람들은 두 부류일 가능성이 제일 높다. 돈이 썩어 문드러지는 여유 있는 사람이든가, 시간이 넘치는 소위 말하는 백수든가.

사람들은 부자들만 그 엑셀 방송을 본다고 생각하지만 의외로 돈 한 푼 안 쓰면서도 그걸 보는 사람들은 많다. 일단 자극적이고 눈요기는 되니까.

"어느 쪽이든 간에 생각보다 고소나 고발에 대한 방어가 약할걸요."

돈 많은 쪽은 까짓것 돈푼이나 내고 말겠다고 생각이 약할 거고, 반대로 돈 없는 쪽은 사회 경험이 부족해 아는 게 없어서 약할 거다.

"손님들이 우르르 떨어져 나가겠군요."

고연미는 그 말에 피식 웃었다. 그녀도 연예인이었기에 안다, 추문이 터졌을 때 얼마나 무서운 속도로 팬들이 터져 나가는지.

하물며 그게 자기에게 실질적으로 피해가 온다? 난리도 아니다.

가령 어떤 남자 연예인이 미성년자를 강간했다고 치자.

골수 중에 골수는 그래도 지지해 주겠지만 거의 절대다수는 바로 나가떨어진다. 단순히 나가떨어지는 정도가 아니라 주변에 손절했다고 떠들고 다니고 그놈을 욕한다. 왜냐, 자신이 강간범을 추앙했다는 걸 인정하기 싫기 때문이다.

"그리고 사람이 돌변하면 더 위험다고 하지?"

"맞아."

서세영조차도 아는 사실. 좋아하던 사람이, 그리고 지지자가 돌아서면 누구보다 극렬한 까가 된다.

"그 철공소 패거리들이 할 생각은 뻔해. 걔들이 생각하는 대로 안 굴러갈걸."

노형진은 자신 있게 말했다.

⚖

철공소의 반격?

아니, 반격이라고 하기도 우습다. 전문가들 입장에서는 발악이라고 보기도 애매할 정도의 행동이었다.

톱 시크릿이고 뭐고 의미가 없는 행동이니까.

"그러니까 그걸 반격기로 삼아야죠."

"반격기의 반격기라고?"

"네."

"하지만 어떻게 말인가?"

김성식은 고개를 갸웃했다.

"저따위 놈들이 우리 정보를 가지고 있을 것 같지는 않은데?"

서세영조차도 말도 안 된다는 얼굴이었다.

"맞아요. 새론에서는 접근하고 싶다고 해서 접근할 수 있는 게 아니잖아요."

내가 담당하는 사건에 대해 접근하는 거야 문제가 없지만 내가 담당하지 않는 사건에 접근하고 싶다면 일단 상부의 허가, 그것도 최소한 이사진 중 한 명의 허가를 받은 후에 그 사건을 담당하는 다른 변호사의 허가를 얻어야 한다. 그러지 않으면 그 사건에 접근할 수조차 없다.

그게 아닌 경우는 그 사건을 담당하는 변호사가 자의든 타의든 그 사건의 변호를 그만뒀을 때뿐이다. 최소한 그의 동의 없이 접근할 수 있어야 추후 사건을 인계받을 수 있으니까.

"그러니까요. 하지만 시도는 할 수 있죠."

"시도?"

"저희 새론에 대한 해킹 시도가 몇 번이나 있었는지 아십니까?"

"글쎄? 거의 한 달에 최소 세 번, 많으면 한 열 번쯤 되는 걸로 알고 있는데."

김성식은 대표이기에 누구보다 잘 알고 있었다. 그런 시도가 있을 때마다 보고가 올라오니까.

하도 숱하게 겪다 보니 이제 긴급 안건이라고 보지도 않는다.

"하지만 그게 뚫린 적은 없지 않나?"

그도 그럴 게 자체적으로 보안 시스템을 물리적으로 구분해서 외부에서 접근하는 방법을 철저하게 차단한 것도 있지만, 그걸 담당하는 직원은 외주를 준 게 아니라 과거에 노형진이 사건과 관련해서 고용한 해커들, 그것도 아주 실력 좋은 화이트 해커들이다.

대충 외부에 외주를 주는 게 아니라 고용된 사람들이 스물네 시간 감시 시스템으로 계속 해킹을 방어하니 어지간한 방법으로는 뚫을 수가 없다.

"응? 우리 서버에 해킹 시도를 그렇게나 한다고? 이해가 안 가는데? 애초에 우리한테 가져갈 수 있는 게 많은가? 없잖아?"

서세영은 그 말을 듣고 고개를 갸웃했다. 그녀는 아직 배우는 입장이지 이사진은 아니라서 그런 보고를 들을 급이 아니니까.

"사건 기록도 오프라인 작업이 기본이고."

물론 요즘 같은 시대에 모든 사건을 다 오프라인 작업을 할 이유는 없다. 사건 소송도 모두 온라인으로 받는 시기니까.

하지만 일정 처벌 이상의 사건 또는 일정 규모 이상의 사건 아니면 손해배상금 등이 일정 금액 이상인 큰 사건의 경우라면 오프라인을 우선시한다.

"형사사건은 경찰이나 검찰이 할 리는 없잖아. 당연히 민사사건이지."

"그거야 그런데. 해킹까지 하면서 소송할 정도면 우리가 의심할 거라는 걸 알 텐데?"

"뭐, 그런 것도 있지. 하지만 사실 다른 이유가 더 커."

"다른 이유?"

"새론에서 변호사들의 수익을 확보해 주는 방법이 뭔지 알잖아?"

"아하!"

새론은 다른 곳보다 수임료가 훨씬 싸다. 요즘은 수임료가 550만 원을 최하로 잡고 있지만 여전히 새론은 그 수임료를 수십 년 전 기준인 330만 원으로 규정하고 있다.

그럼에도 불구하고 수많은 변호사들이 새론에 오는 이유는 그걸 보충할 정도로 사건도 많은 데다가 또 시스템화되어 있어서 비슷한 사건을 한꺼번에, 그리고 전문적으로 대처 가능하다는 점, 그리고 새론에서 미다스와 직접 거래해 그들에게 미다스를 통한 수익 확장이라는 기회를 준다는 점 때문이다.

해외 부자들도 마이스터가 아닌 미다스를 통한 투자를 간

절하게 원하지만 기회를 잡지 못하고 있는데 새론이 그런 기회를 제공하니 실력 좋은 놈이 안 올 리가 없다.

죽어라 일해서 1억 버는 것보다는 불로소득으로 10억 벌고 싶어 하는 게 인간이니까.

"그런데 그 정보가 있을지도 모른다고 생각한다는 거지."

"무슨 소리인지 알겠네. 아무리 그래도 마이스터를 터는 것보다는 이쪽이 좀 더 만만하다 이거구나."

"맞아."

여기는 그냥 전문 직원을 고용하는 정도이지만 마이스터는 아예 팀이 통째로 순환 근무를 하니까.

"중요한 건 그거야. 일단 해킹을 시도하고 있다는 거지."

"그런데 뚫린 적이 없다면서?"

"응. 없지, 공식적으로는."

노형진은 싱글벙글 웃으며 말했다.

"그런데 실력 좋은 해커는 자기가 들어온 흔적도 안 남기거든."

"어?"

"그렇잖아. 갑자기 뭔가 터졌어. 그런데 그게 회사에 치명타야. 그러면 회사가 사전에 알았어야지. 그런데 그걸 모르다가 처맞는 회사가 어디 한둘이야?"

"그런가?"

"복잡하게 생각하지 마. 게임 개발 중에 그 소스가 새어

나가는 게 어디 한두 번이야?"

"아하!"

당연히 그건 기밀이고, 회사는 그걸 누출하지 않으려고 온 갖 보안 조치를 해 둔다. 하지만 뚫리고 나서야 다급하게 그 걸 회수하거나 협상을 통해서 외부 유출을 막으려고 한다.

"확실히 범죄자가 그걸 뚫거나 하는 걸 흔적을 남기기 전 까지는 모르는 경우가 대다수지."

김성식은 이해한다는 듯 고개를 끄덕거렸다. 그러고는 피 식 웃었다.

"그리고 우리는 그걸로 고발할 수 있고."

"맞습니다."

해킹을 당했는지 안 당했는지 알 수는 없다. 하지만 확실 한 건 그걸 해냈다고 주장하는 놈들이 있다는 거다.

"어? 어? 그렇게 굴러간다고?"

노형진의 말을 들은 서세영은 혼란스러운 얼굴이 되었다 가 돌연 웃음이 터졌다.

"호호호호."

"왜 그래?"

"아니, 그러고 보니까 웃겨서. 진짜 그게 가능하네? 왜 내 가 그 생각을 못 했지?"

저쪽에서 해킹 성공을 주장했으니 당연히 이쪽은 저쪽을 고소할 수 있다.

"그냥 명예훼손만 생각했거든."

"보통 변호사들이 그렇지. 안 그렇습니까, 고연미 변호사님?"

"어, 저도 사실 그 생각만 하기는 했어요."

고연미 변호사도 자신도 모르게 빙그레 웃었다.

"이 정도면 명예훼손으로 실형이 나오는 게 가능하다는 생각은 했지만."

"네. 하지만 사실 명예훼손으로 실형이 나오기가 쉬운 게 아니죠."

"그렇지. 그리고 설사 실형이 나온다고 해도 그다지 형량이 높은 것도 아니고."

길어 봐야 1년? 그것도 온갖 힘을 썼을 때나 가능한 일이다.

"하지만 철공소 놈들은 모두 전과자 출신이거든."

당연하게도 그들이 그 정도 압박에 굴복하거나 겁먹지 않을 거다.

"더군다나 입증책임이라는 것도 문제야."

"하긴, 우리가 명예훼손을 성공시켰다면 그게 명예를 훼손했다는 걸 증명해야 하잖아?"

"그렇지. 그런데 저놈들이 한 명예훼손은 애매하거든."

가령 어떤 사람의 명예훼손을 하려고 한다고 치자.

그 사람을 사람들 앞에서 '개새끼'라고 칭하는 것도 명예훼손이고, '대머리'라고 놀리는 것도 명예훼손이며, '불륜을 저지른 가정 파괴범'이라고 말하는 것도 명예훼손이다.

그러나 그 세 가지의 처벌의 강도는 다 다르다.

'개새끼'라는 건 단순히 욕이고 개인감정의 분풀이기 때문에 그 처벌이 약하다. 그렇게 그 대상을 욕했다고 해서 그 사람의 피해가 가는 게 거의 없기 때문이다.

그러나 '대머리'라고 놀리는 건 다르다. 평소 대머리라는 사실을 감추기 위해 가발을 쓰고 있는 사람의 의견에 반해 주변에 대머리라는 사실을 알려 주는 것이고 그 결과, 그 사람이 대머리인 걸 주변에서 알게 되었으니까.

하지만 그가 대머리라는 사실이 주변에 알려졌다고 해도 그 사람의 삶이 부서지거나 할 정도는 아니다. 누군가가 그가 대머리라고 한다고 한들 그게 범죄거나 한 건 아니니까. 그저 개인적으로 감추고 싶은 비밀이지 대머리라고 자르는 회사는 없으니까.

하지만 '불륜을 저지른 가정 파괴범'이라고 하면 그때는 처벌 강도가 다르다. 그게 사실이든 아니든 간에 그런 사실은 대상의 인생을 박살 내기에 충분하고 공무원같이 품행 유지의 의무가 있는 직업을 가진 사람이라면 해직 사유에 해당되며 그게 아니라고 해도 회사 내부에 소문나면 자연스럽게 은밀한 왕따가 이루어지는 경우가 많기 때문이다.

"그런데 이 철공소 놈들이 한 욕은 아무리 잘해 봐야 첫 번째지."

죄가 특정된 것도 아니고 죄에 대해 인정한 것도 아니고

죄를 의심하는 것도 아니다. 그냥 톱 시크릿이라고 쓰인 서류를 흔들면서 '노형진 개새끼'라고 공격한 것뿐이다.

"아, 그러네. 그러면 현실적으로 처벌이 높지는 않겠구나."

"맞아."

설사 그게 대중을 대상으로 인터넷 방송을 통해 이루어진 거라고 해도 말이다.

"하지만 우리가 해킹을 지적하면 그때는 문제가 달라지지."

털렸다고 의심하고 그걸로 물고 늘어진다? 그러면 그때부터는 주객이 바뀐다. 왜냐하면 이미 노형진과 새론에게 톱 시크릿을 흔들면서 자기들이 약점을 쥐고 있다고 떠들었으니까.

노형진이 새론이 당했다는 걸 증명할 이유가 없다.

"그때부터는 반대가 되는군요."

그때부터는 반대로 그 철공소 놈들이 자신들이 사실은 해킹한 적도 없고 해킹에 성공한 적도 없고 사실은 그냥 빈 종이에 톱 시크릿이라고 박아 두고 쇼를 했다는 걸 증명해야 한다.

"그걸 증명하면 자기들이 병신이 되는 거고?"

"그렇지."

왜 귀찮게 자신들이 그들과 싸워서 사실을 증명해야 하는가? 자기들이 자폭하겠다는데?

"좋은 생각이네."

"그리고 다른 것도 있어."

"다른 거?"

"좌표 찍은 놈들."

"응, 그놈들이 왜?"

이미 새론에서 운영하는 채널에 대해 좌표가 찍혀서 미친들이 몰려와서 욕하고 있다. 그들은 노형진을 공격했다고 생각하는 모양이지만 애석하게도 해당 채널은 '노형진의 현실 사이다.' 채널이 아니라, '변호사의 현실 사이다.' 채널이다.

즉, 그걸 운영하는 주체인 새론을 공격한 셈이다.

"그래, 그런 놈들은 명예훼손으로 공격이 가능하지."

"그건 그래."

"그러면 그걸 기반으로 우리는 당당하게 비비TV에 해당 계정의 영구 정지를 요구할 수 있지."

"어? 그게 가능해?"

"그래, 법적으로는 가능해. 다만 그걸 귀찮게 그렇게까지 하는 사람이 없었을 뿐이지."

고소할 놈들도 넘쳐 나는 데다가 그걸 안 들어주면 또 회사랑 싸워야 하는 등 온갖 복잡한 과정을 거쳐야 하니까.

보통 사람들은 자신을 공격한 대상과 싸우지, 그를 도와주는 사람들과 싸우려고는 하지 않는다.

"하지만 고소하고 소송하고 그걸 기반으로 고소하면 어떻게 되겠어?"

"그놈들의 힘이 쭉 빠지겠네요."

연예인 출신답게 고연미는 눈치 빠르게 노형진이 노리는 걸 캐치했다.

"철공소의 방송을 보고 몰려와서 욕하는 놈들은 그냥 괜스레 미끼를 문 놈들도 있겠지만 동시에 충성파 놈들도 있을 거잖아요?"

"맞습니다. 문제는 그렇게 한 번 계정을 날리면 철공소 놈들에게 다시 충성을 바치기가 애매해진다는 거거든요."

"어째서?"

그러나 서세영은 이해하지 못했다. 하기야, 그녀는 그런 데 돈을 써 본 적이 없으니 어찌 보면 당연한 일.

"비비TV는 철저하게 등급제야. 그리고 그 등급에 올라가기 위해서는, 특히 소위 말하는 회장님이 되기 위해서는 막대한 돈을 내야 하지."

철공소에서 회장님 타이틀을 달기 위해 드는 돈은 아무도 모른다. 하지만 대충 그들이 쓰는 금액을 보면 대략적으로 4억 이상을 써야 철공소의 엑셀 방송에서 회장님 소리를 들을 수 있을 거다.

"간단하게 생각해 봐. 네가 현금 4억을 꼬라박은 게임 계정이 있었어. 그런데 이유야 어떻든 간에 그걸 회사에서 영구 차단을 박았어. 너 같으면 그 게임을 계속하겠냐?"

"아, 그렇구나. 안 하지."

돈도 아깝고 자존심 상할 거다.

"이것도 마찬가지야."

물론 누군가는 돈이 썩어 문드러져서 다시 그 돈을 내고 회장님 타이틀을 달려고 할지도 모른다. 그러나 그런 상황에서 거의 절대다수는 그러한 회장님 타이틀이고 뭐고 버리고 그냥 다른 곳으로 가 버린다.

"어차피 하꼬 방송에서는 1천만 원만 쓰면 회장님이라고 물고 빨아 주거든. 내가 게임 회사랑 싸울 때 쓴 방법 기억하지?"

"그거 공부했어. 그때 사람들이 손 털게 만든 방법이 그 게임의 종료 가능성을 사람들에게 인식시킨 거잖아."

"이거도 마찬가지야."

자신이 소송당해 기분이 나빠서 한 번.

그리고 자신이 진짜로 명예훼손으로 처벌받아서 또 한 번.

마지막으로 자신이 믿고 공격한 근거인 철공소의 주장이 사실은 가짜라는 사실에 한 번.

이렇게 세 번을 당하고 나면 무슨 기분이 들겠는가?

"어지간히 빡대가리가 아니고서야 오만 정이 다 떨어지겠네요."

고연미는 피식 웃었다.

"맞습니다."

그러면 큰손들은 다 떠날 거다. 더군다나 일이 그쯤 되면 직감적으로 알 거다, 철공소 놈들이 교도소에 들어갈 가능성이 높다는 걸.

"어차피 끝날 방송인데 회장 타이틀이 무슨 소용이 있겠습니까?"

그때는 절대로 안 돌아온다. 도리어 자기 취향에 맞는 회장 타이틀을 달아 줄 만한 놈을 찾기 시작할 거다. 어차피 계정을 새로 파서 처음부터 모든 걸 쌓아 올려야 하니까.

'나 누군데 계정 등급 올려 줘?' 그게 쉬울 리가 없다.

기본적으로 익명에 기대 저질스러운 감정을 토해 내는 놈들이니 자기들을 감추고 싶어 할 테니까.

더군다나 자기가 동일한 인물이라는 걸 입증해서 등급이 올랐다?

그러면 노형진이 다시 한번 그 계정을 차단해 달라고 하면 그만이다. 명예훼손으로 인한 소송 중인 건 그 계정이 아니라 그 주인이니까.

만일 다른 이름으로 계정 팠다? 그러면 명의 도용이니 당연히 계정 압류 대상이다.

"철공소 놈들, 똥줄 타겠네."

노형진의 계획을 들은 서세영은 피식 웃었다.

"한 번도 제대로 안 당해 봤지? 이제 한번 당해 보라고 해 봐, 후후후."

뻔한 수준으로 과연 얼마나 버틸지, 노형진은 참 궁금했다.

마이스터, 이번 해킹에 대해 심각한 우려 발표

전문가로 구성된 외부 인력을 동원해 모든 로그 기록을 확인하 겠다고 밝혀

현재까지 외부에 드러난 자료는 없는 것으로 알려져 있어

뉴스는 빠르게 나왔다. 보통 회사들은 자기들의 안전과 미 래를 위해 해킹당해도 '우리 안 당했어요.'라고 한다. 사실 노형진도, 그리고 새론도 그게 정상이다.

하지만 그러지 않았다.

어차피 철공소 놈들이 자기들이 살기 위해서라도 거짓말 이라는 걸 인정해야 하기 때문이다.

아무리 새론에서 '우리 안전합니다.'라고 해 봐야 남들은 안 믿겠지만, 반대로 그놈들이 '사실은 구라였어요.'라고 밝 히는 게 사람들에게는 훨씬 믿음이 갈 거다.

그럼에도 불구하고 몇억을 주고 외부 전문가를 동원해서 로그 기록을 확인하기로 한 이유는 간단하다. 이참에 남의 돈으로 혹시 모를 만약의 사태에 대비하자는 거다.

어차피 철공소 놈들이 먼저 입을 털었으니 이쪽에서 그로 인해 입는 피해를 책임져야 하기 때문이다.

그리고 예상대로 철공소 놈들은 발칵 뒤집어졌다.

"어, 삼촌. 어떻게 해요? 이거, 우리 좆 된 거 아니에요?"

"이런 멍청한 놈들아, 내가 조심하라고 했잖아. 너희들이 지금 누구를 건드린 줄이나 알아?"

아무리 최소훈의 삼촌이 변호사라고 해도 이걸 덮거나 막을 수는 없었다.

"지금 너희들을 죽이겠다고 누가 나섰는지나 알아?"

"네? 누가요? 그 새론이요? 하지만 저희가 저격한 건 노형진이라고요. 새론이 아니라."

최소훈은 억울하다는 듯 말하자 변호사인 전태권은 답답하다는 듯 미친 듯이 가슴을 두들겼다.

"야, 이 미친. 아오, 이 빡대가리들을."

진짜로 최소훈만 아니었다면 엮이고 싶지 않은 인간들……. 아니, 지금 상황에서는 최소훈과도 엮이고 싶지 않았다.

오랜 경험상 최소훈 같은 타입은 갱생이 불가능하다는 사실을 이미 알고 있었기 때문이다.

그래서 조카고 뭐고 그냥 엮이고 싶지도 않았다. 자신의 여동생이 울며불며 살려 달라고 하지만 않았다면 말이다.

"너희가 공격한 건 새론이야. 노형진이 아니라 톱 시크릿인지 톱티어인지 뭔지 흔들면서 사실상 새론을 해킹했다고 지랄 발광을 했는데, 지금까지 새론에 사건을 맡긴 사람들의 기분이 어떨 것 같냐?"

"네?"

여전히 이해 못 하는 철공소 멤버들. 그리고 그걸 본 전태권은 결국 터지고 말았다.

"이 병신 새끼들아, 새론에 은밀한 사건들을 맡긴 사람들이 한둘인 줄 알아? 그게 유출되면 수백 수천 명의 부자들이 엮인 수많은 사건들이 다 터져 나갈 거라고!"

"어? 그게 그렇게 커요?"

"이 새끼들아, 변호사에게 비밀 의무가 왜 있는데!"

그렇지 않으면 누구도 변호사를 믿고 일을 맡길 수 없기 때문이다.

"더군다나 노형진은 전 대통령과 현 대통령의 자문 위원이야! 정부와 일하는 새끼라고! 그럼 거기에 뭐가 있을 것 같냐?"

"모, 모르죠?"

세 사람은 애써 모른 척하려는 듯했다. 하지만 그들이 모른 척한들 과연 실제로도 그렇게 치부될까?

"정부 일도 섞여 있겠지, 이 병신 머저리들아."

정부의 은밀한 사건도 담당했던 새론이다. 그런데 그런 새론의 톱 시크릿이라고 종이를 흔들어 댔으니.

"난 모르겠다."

"네?"

"너희들이 알아서 하라고, 이 병신들아! 난 이제 너희들 변론 못 해!"

해 줄 수가 없다. 그가 변호사라고 해도 이건 커버할 수 있는 수준이 아니었다.

"이게 그렇게 큰일인가?"

그러나 황당하게도 철공소 3인방은 전혀 모르는 눈치였다.

상황을 알아차리는 것도 결국 지능의 문제. 그런데 셋 다 지능이 그다지 높지 않으니까 자기들이 다른 방송인들처럼 방송으로 저격한 게 문제가 될 거라고는 생각도 못 했다.

물론 그렇게 대응하는 사람이 지금까지 없었기에 아예 상황을 이해할 만한 정보 자체도 없었지만 말이다.

그러나 그러한 이해는 아주 빠르게 그리고 생각지도 못한 방식으로 벌어졌다.

"저기, 변호사님. 손님이 오셨는데요?"

문을 열고 당황한 얼굴로 얼굴을 내미는 여직원.

"손님? 지금 상담 중이니까 나중에 오시라고 해."

전태권은 신경질적으로 말했다. 다른 거라면 기다리라고 말이라도 하겠건만 너무 화가 나서 오늘은 도무지 상담할 기분이 아니었으니까.

하지만 직원은 상당히 곤란한 얼굴로 말했다.

"안 될 것 같은데요. 그게……."

"뭐라는 거야? 똑바로 말해."

그러나 그 직원은 대답하지 못했다. 누군가가 그녀를 당겨서 끌어내고는 문을 확 열고 안으로 들어왔기 때문이다.

"당신들 누구야?"

시커먼 양복을 입은 다섯 명의 남자들. 그들을 본 전태권은 왠지 기분이 싸해졌다. 그리고 그 이유는 금방 드러났다.

"국가안보원에서 나왔습니다."

"허억!"

국가안보원. 국정원이 분리되면서 만들어진 새로운 조직.

기존의 국정원이 철저하게 해외 업무만 담당하게 되면서 국내 업무는 국가안보원이 담당하게 되었다.

그런데 그런 국가안보원이 오다니.

"여기를 어떻게……!"

"그건 아실 필요도 없고 말씀도 못 드립니다."

하긴, 그건 그렇다.

"세 분은 저희랑 동행해 주셔야 합니다."

'해 주십시오.'도 아니고 '합니다.'.

누가 봐도 끌고 가겠다는 소리였다.

"어어어?"

국가안보원의 등장에 당황해서 눈만 데굴데굴 굴리는 세 사람. 그제야 자신들이 좆 되었다는 걸 느끼는 모양이다.

"연행해."

요원들은 기다리지 않았다. 그럴 이유도 없었다.

그 말이 끝나기 무섭게 우르로 들어온 요원들이 세 사람을 양쪽에서 붙잡고 끌고 가기 시작했기 때문이다.

"허억! 외삼촌! 살려 줘! 외삼촌!"

"변호사님, 제발 이거 좀 막아 주세요!"

"변호사님! 변호사님! 엄마! 어어형…… 엄마!"

울부짖으면서 끌려가는 세 사람.

그리고 한 요원이 무서운 눈빛으로 전태권을 바라보았다.

"멀리 안 가시기를 바랍니다. 당신도 의심에서 못 벗어났으니까요."

진중한 경고. 하지만 그 경고를 무시할 정도로 전태권은 바보가 아니었다.

"알겠습니다."

그렇게 철공소 멤버들 세 명은 질질 끌려 나갔고, 전태권은 긴 한숨을 쉬면서 자신의 핸드폰을 부여잡았다.

도대체 어디서부터 여동생에게 설명해야 할지 도무지 답이 보이지를 않았기 때문이다.

⚖

노형진의 예상은 완벽하게 맞아떨어졌다. 아니, 그 예상조차 뛰어넘었다.

"노 변호사, 국정원이 끼어들 거라 생각 못 했나?"

"국정원이 아니라 국가안보원입니다."

"하여간 말이지, 그곳에서 뭔 꼴을 당했는지는 모르지만 그쪽에서 그냥 병신들이라고 답변이 왔던데?"

"뭐…… 솔직히 예상은 못 했습니다. 하지만 당연한 거네요."

"그렇기는 하지."

새론에서 처리한 사건 중에는 정부의 소송이나 비밀 작전도 있다. 당연히 그에 접근했다는 것을 국가안보원에서 무시할 수 있을 리가 없다.

"그러면 일이 편해지겠군."

"아니요. 이러면 도리어 좀 곤란해지는데요."

"곤란해진다고?"

"네, 저 새끼들을 조지는 계획은 저놈들이 겁먹고 꼬리를 마는 게 아니었거든요."

"응? 그게 아니었어?"

"네, 저는 저놈들이 끝까지 발악하는 걸 기준으로 계획을 짠 거라."

만일 경찰이나 검찰이었다면 아마 그들은 아주 **뻔뻔하게** 행동했을 것이다. 교도소에 한번 갔다 온 놈들이고 반성이라는 게 없는 놈들이니까.

"하지만 국가안보원은 좀 그렇죠."

물론 국가안보원에서 과거처럼 은밀하게 죽여서 바다에 던지는 식으로 일을 처리하지는 않지만, 국가 소속 정보 단체라는 존재는 민간인에게는 상당한 압력이자 공포로 다가온다.

"아무래도 일을 서둘러야겠네요."

"일을 서두르다니?"

"제대로 소송을 넣어야겠습니다. 민사소송도요."

"아직 일도 안 끝났네만? 그래도 경찰 조사라도 끝나야지."

"아니요. 그랬다가는 제 계획이 틀어져서요. 애초에 저희 표적은 철공소만이 아니었잖습니까? 비비TV지."

"아, 하긴 그렇군. 그걸 잊고 있었어."

그 말에 김성식은 고개를 끄덕거렸다. 확실히 철공소만 노리는 게 답은 아니었다.

"그러면 바로 민사소송을 준비하도록 하지. 다만 민사소송을 한다고 해서 비비TV가 공격당한다는 건 이해가 안 가는데."

"그건 두고 보시면 됩니다, 후후후."

노형진은 미소를 지으며 자신감을 드러냈다.

"절대로 그놈들은 도망가지 못합니다. 절대로요, 후후후."

구걸하고 기부는 다르다

철공소 패거리는 국가안보원에서 모진 취조를 받았다. 그리고 다시 나왔을 때 그들의 앞에는 엄청난 금액의 손해배상이 걸려 있었다.

"소송이요? 22억이나요?"

"그래."

"삼촌, 삼촌! 어떻게 해 줘요."

"난 이거 못 한다. 애초에 담당할 수 있는 규모가 아니었다."

다른 사람도 아니고 노형진과 새론을 건드려 놨으니 멀쩡하게 굴러가는 게 이상한 거다.

"저는 진짜로 그런 돈 없어요."

"아니, 그건 내가 어쩔 수가 없다니까."

최소훈은 추하게 전태권에게 매달렸다. 하지만 이번의 그는 단호했다.

"내가 네놈이 똥 싸지른 걸 덮어 준 게 한두 번이 아니다. 하지만 그것도 작작 해야지!"

여동생은 자신이 변호사가 될 수 있도록 많은 걸 희생했다. 그래서 자신이 성공한 후에 여동생을 위해 많이 노력했다.

"네놈이 감옥에 갈 때도 죽어라 노력해서 형량을 반으로 줄였어. 심지어 그때 합의금도 내가 내줬다. 그런데 거기서 그런 똥 같은 놈들을 만나더니 이제는 이런 대형 사고를 쳐? 난 모른다. 알아서 해라."

"삼촌, 제발……."

"닥쳐. 내가 이건 해결 못 해. 그리고 애초에 이 정도 되는 사건을 나 같은 일반 변호사는 대응할 방법도 없어. 너 돈 지랄 나게 많다면서! 그 돈으로 대형 로펌의 변호사를 구해!"

그 말에 최소훈은 아무런 말도 못 했다. 실제로 은근하게 그걸 자랑했으니까.

특히나 아직은 로스쿨에 다니는 외삼촌의 아들이자 자신의 사촌형에게는 빈정거리면서 그딴 거 해 봐야 내가 버는 돈의 반의반도 못 번다면서 노골적으로 깔아뭉개기도 했다.

"나는 못 도와줘. 내가 도와줄 수 있는 건 딱 여기까지야."

그 말에 최소훈은 고개를 푹 숙이고 전태권의 변호사 사무실에서 나올 수밖에 없었다. 그리고 철공소의 사무실로 돌아오자 다른 멤버인 이철수와 박공만이 다가와서 물었다.

"뭐래? 도와준대?"

"아니, 안 도와준데."

"이런 씨입. 변호사잖아? 좀 도와줄 수도 있잖아?"

"돈 많이 벌었으니까 그 돈으로 대형 로펌의 변호사를 고용하래. 이 문제는 자기가 어떻게 할 수 있는 상황이 아니래."

"이런 씨팔. 공만아? 돈 얼마나 남았냐?"

"한…… 2억 5천?"

"뭐? 그거밖에 안 돼?"

이철수는 그 말에 당황해서 되물었다. 못해도 10억 이상은 있을 거라 생각했으니까.

"애초에 우리 지분은 그리 높지 않았잖아. 그리고 쓴 걸 생각해야지."

사실 다른 사람들이 모르는 비밀이 있었다. 정확하게는 노형진과 새론에서는 예상하고 있는 비밀이겠지만 말이다.

그건 다름 아닌 이들이 버는 돈의 대부분이 일종의 자금 세탁용이었다는 거다.

당연히 자금 세탁을 하는 놈들은 범죄자들이니 이들에게 많은 걸 줄 리가 없다.

"미치겠네."

그랬기에 작년 200억을 벌었어도 남는 게 별로 없었다. 엑셀 방송의 경우는 여자들에게도 돈을 줘야 하는 데다가 그

안에서 방송 수수료도 떼고 진행해야 하니까.

그래서 보통은 자기들이 하는 방송에서 돈을 받아 세탁하는 편이었다.

"새론이랑 싸울 정도의 변호사는 얼마나 비쌀까?"

"못해도 3억은 달라고 하지 않겠냐? 그리고 승소 비용은 결과에 따라 달라고 할걸. 다 하면 한 10억은 달라고 할 거다."

이철수의 질문에 그마나 그쪽으로 지식이 좀 있는 박공만이 떨떠름한 얼굴로 말했다.

그 말을 들은 이철수가 기함했다.

"씨팔, 10억이 어디 애새끼 이름이야?"

물론 이들이 그간 모은 돈을 다 합한다면 10억은 훌쩍 넘을 거다. 아니, 못해도 40억은 될 거다.

하지만 모든 범죄자들이 그렇듯 이들은 딱히 미래를 준비하거나 하지 않았다. 돈이 들어오면 그 돈으로 놀기 바빴고, 그렇게 들어온 돈으로 미친 듯이 즐겼다.

"지금이라도 차라도 팔아야 하나? 우리, 차 한 서너 대만 팔면 어찌어찌 되지 않을까?"

"미쳤냐? 그게 어떻게 산 차인데."

"얀마, 그거 다시 사려면 대기만 2년이라고."

"씨팔, 그러면 어쩌자는 거야?"

그들은 이 사태를 해결하기 위해 머리를 부여잡았다. 그리고 얼마 지나지 않아 나름의 방법을 찾았다.

"기부금을 모으자."

"기부금?"

"그래, 우리가 고소당했다고 돈을 모으면 3억 정도는 금방 모으지 않겠냐? 그리고 소송하는 동안 돈 좀 모아 보지, 뭐."

"그러네. 하긴, 그것도 방법이긴 하다."

"그러니까 일단은 기부 방송을 해서 돈부터 모으자."

박공만의 제안에 이철수가 좋은 생각이라는 듯 고개를 끄덕거렸다. 하지만 그 말에 불안한 듯 최소훈이 물었다.

"야, 하지만…… 국안원에서는…….."

"씨팔. 그쪽에서는 우리에게 혐의 없다고 했잖아."

그러나 이철수는 그 말을 바로 반박했다.

"혐의만 없는 게 아니라 사람 취급도 못 받았지."

쓰게 웃는 박공만. 정확하게는 온갖 병신 취급을 받았다.

톱 시크릿이라고 흔들면서 협박한 게 모두 다 거짓말이라는 사실에 국가안보원의 사람들은 아주 그냥 사람을 병신 취급을 했었다.

그렇다고 해서 거기에 대고 찍소리라도 할 수 없었기에 그들은 그저 속으로 분노를 삼킬 수밖에 없었다.

"하지만 대신에 우리의 혐의는 벗겨졌잖아."

"그래서 그게 중요해?"

"중요하지. 최소한 국안원에서는 우리 소송에 끼지 않을 거 아니야."

"그래서?"

"어차피 소송하기는 해야 해."

박공만 역시 배운 게 도둑질이라고 이철수보다는 좀 낮지
만 그래도 수준이 뻔했다.

"보통 국안원 같은 데는 자료를 거의 안 준다고 알고 있어.
그런데 그 자료랑 상관없이 소송은 어차피 닥쳐온 거잖아."

설사 국안원이 철공소에 혐의가 없다는 정보를 새론에 준
다고 한들 소송을 피할 수는 없다. 결과적으로 소송하는 건
마찬가지.

"그러니까 어차피 소송해야 하잖아. 그러니까 우리가 기
부금을 좀 모아 보자 이거지."

"그래도 되는 거야?"

"설마 국안원에서 다시 잡으러 오겠어?"

"하긴, 그렇지는 않겠다."

세 사람은 고개를 끄덕거렸다. 확실히 이제 와서 국안원에
서 자기들을 잡으러 올 가능성은 높지 않다.

"하지만……."

최소훈은 너무 불안했다. 외삼촌마저도 답이 없다고 안 하
는 사건이다. 그런 걸 소송으로 이길 수 있을까?

아니, 그걸 떠나서 자기들이 어떻게든 버틸 수나 있을까?

"차라리 가서 싹싹 비는 건 어때?"

"절대로 안 되지. 그랬다가는 우리 모두 죽는다고."

"그래, 그랬다가 우리 전 재산을 다 털리면 어쩌려고?"

그 말에 최소훈 역시 용기를 내서 고개를 끄덕거렸다.

반성보다 우선인 것? 그건 바로 돈이었다.

"그러면 기부금 방송을 하자. 큰손 새끼들이 좀 쏴 주면 좋겠는데."

이철수는 매번 호구 짓 하는 방송의 큰손들을 생각하고는 입맛을 다셨다.

그러자 박공만이 얼굴에 비웃음을 가득 담은 채로 말했다.

"그 새끼들은 자기들이 병신인지 몰라. 아마 돈을 미친 듯이 퍼 줄걸."

세 사람은 당연히 사람들이 도와줄 거라 믿었다.

하지만 그들은 몰랐다, 그것조차도 함정이라는 걸.

⚖️

─정의롭게 싸울 수 있게 기부금을 부탁드립니다. 이 모든 행동은 우리 채널과 국민의 알 권리를 위해서…….

"지랄을 한다, 아주."

서세영은 솔직히 그렇게 말할 수밖에 없었다. 그녀가 아는 한 아주 멍청한 행동이었으니까.

"당연한 거야, 저놈들 입장에서는 말이지. 인간은 원래 자기가 아는 영역 안에서 방법을 찾는다고."

"하긴 그건 그래."

어떤 문제가 생겼을 때 깡패라면 주먹부터 쓰려고 할 테고 변호사라면 법부터 확인할 거다. 그런데 방송인라면?

당연히 방송을 통해 돈을 받으려고 할 거다. 왜냐하면 그런 경우가 한두 번이 아니니까.

"그런데 그런 경우가 한두 번이 아닌데 왜 한 번도 문제가 안 된 거야?"

서세영은 순간 이해가 안 간다는 듯 고개를 갸웃했다.

"간단해. 그 돈을 줬다는 증거가 없잖아. 결정적으로 돈으로 받았다는 증거도 없고."

"아하!"

"그걸 증명하기 위해서는 증거를 내놔야 하는데 말이지."

노형진이 노린 건 다름 아닌 기부에 관한 법률 위반이다. 그리고 그 증거를 끌어내기 위해 저들을 몰아붙인 것이다.

"하긴. 그래서 기존에 있던 걸로 고발하기는 힘들지."

"맞아. 도네라는 게 그 존재감이 애매하고 불확실하지만 그래도 유권해석으로 세금이 부과되고 있었으니까."

그랬기에 노형진은 그 도네를 핑계 삼아 탈세 같은 걸로 고발하지 못한 것이다. 유권해석으로 세금을 부과했다고 해도 일단 세금을 낸 것은 낸 것이고, 법적으로 갑자기 해석이 바뀌었다면서 추가로 세금을 부과하거나 하는 것은 불법이기 때문이다.

"하지만 이제는 아니지."

"맞아."

철공소 패거리는 방송에서 대놓고 말했다, 소송을 위한 기부를 받는다고.

아무리 도네라는 게 후원금 또는 기부금이라지만 그건 어디까지나 표현법일 뿐 진짜 기부금은 아니었다. 왜냐하면 그 기부금을 위한 목적이 없으니까.

가령 미션을 걸고 도네를 걸었다고 해도 그건 기부가 아니다. 목적이 그 미션의 완성이라고 해도 일단 목적이 기부로 볼 수 없는 영역에 들어가 있기 때문이다.

"하지만 이제 상황이 달라졌지."

목적이 드러났다. 그런데 목적이 자기 변호사비 모금을 위해서 하는 행동이다. 거기다 그 목표 금액이 무려 10억.

"도대체 뭔 생각이죠? 아니, 그렇잖아. 변호사 비용이 무슨 10억이나 들어? 저 새끼들은 변호사비 계산도 안 하나?"

"당연히 그렇게는 안 들어. 하지만 자기들 딴에는 이번 기회에 두둑하게 챙기고 싶지 않을까? 그리고 나중에 승소 비용에 대해서도 생각했을 수도 있고."

"하긴, 그렇겠네."

"문제는 저들이 저 후원 방송…… 아니지, 이건 구걸 방송이라고 하는 게 맞겠지. 어찌 되었건 그걸 했다는 자체가 지금 그들 상황이 좋지 않다는 거지."

"어째서?"

"그 돈이 없으니까 저렇게 돈 달라고 징징거리는 거지. 만일 그 돈이 있어 봐. 자기들 자존심 때문에라도 저런 방송 안 할걸."

그들이 작년에 번 돈만 무려 200억이다. 심지어 그건 엑셀 방송을 통해서만 번 돈이다. 이런저런 다른 컨셉의 방송을 포함하면 아마도 그들의 수익은 300억은 너끈할 거다.

"확실히 말이 안 되기는 하네요."

아무리 수수료를 떼고 여성 방송인들에게 돈을 줬다고 해도 그 정도 돈도 없다는 건 말이 안 된다.

"그 말은 하나뿐이지."

"오빠 말대로 그놈들이 탈세를 위해 자금 세탁을 하고 있다?"

"그렇지."

세탁한 돈을 얼마나 쓸지 모르지만 최소한 철공소들이 마음에 들 정도의 돈은 아닐 거다. 그리고 그 돈을 펑펑 써 대고 살았으니 소송비용 같은 것도 없을 테고.

"의심스럽기는 한데……."

문제는 그걸 고발하기가 진짜 애매하다는 거다. 증거가 없으니까.

"걱정하지 마. 그건 다른 쪽에서 찾으면 될 일이니까."

"다른 쪽?"

"티엑스컴퍼니."

노형진은 눈을 번뜩거렸다.

"유민택 회장님은 경고해 줬을 거야. 하지만 누군가는 그걸 포기할 수가 없겠지."

그리고 거기에는 원인이 있는 법.

"그걸 이제 알아봐야지."

노형진은 유민택을 찾아갔다. 그리고 지금 상황을 보고했다. 당연히 유민택은 심각한 얼굴이 될 수밖에 없었다.

"티엑스컴퍼니가 얼마나 손을 떼었는지 알아봐 달라고?"

"네, 누군가는 자금 세탁이 필요합니다. 그리고 그걸 해줄 만한 게 누구겠습니까?"

"그게 비비TV와 철공소 놈들이란 말인가?"

"네."

"흠……."

유민택은 고민이 많은 눈치였다. 그도 그럴 게 자신이 봐도 노형진의 말이 맞을 가능성이 높기 때문이다.

"티엑스컴퍼니는 합법과 불법 사이에서 장난치죠. 그 말은 불법적인 돈에 손댈 기회가 아주 많다는 겁니다."

대마가 합법화된 곳에서 대마를 유통하는데, 그걸 대마가 합법화되지 않은 다른 나라에 보내고 싶은 생각을 못 할까?

"하긴, 자네가 그랬지."

태국이 대마를 합법화하자 빠르게 대마 유통 라인을 먹어버린 게 바로 티엑스컴퍼니다. 유통은 물량이 핵심인데, 다른 나라들이 죄다 불법인 상황에서 단시간에 선점과 유통에 필요한 충분한 양을 구할 수 있다는 건 단 하나만을 의미한다.

바로 대단위 대마를 은밀하게 거래하고 있거나 아예 농장을 소유하고 있다는 것.

"그리고 중요한 건 비율이죠."

"비율?"

"네, 보통 방송인들을 통한 자금 세탁을 할 때 반박하는 것 중 하나가 바로 그 비율이거든요."

도네가 들어온다고 방송인들이 다 먹는 게 아니다. 급수에 따라 다르지만 최고 40% 그리고 최저 20%다.

그 사람이 유명할수록, 더 많이 벌수록 가져가는 비중은 줄어든다. 그래야 기존 사람을 잡아 둘 수 있기 때문이다.

"그런데 그런 말을 하는 놈들이 잘 모르는 게, 자금 세탁에서 보통 업자가 먹는 돈이 30%입니다."

"그래?"

"네."

업자들이 공짜로 자금을 세탁해 주지는 않으니까.

그런데 여기서 재미있는 건 철공소나 거기에 출연하는 여자들에게 적용되는 비율이 20%라는 거다.

"도리어 전문 자금 세탁 업자들보다 훨씬 낮군. 하지만 그래도 수수료를 생각하면……."

"네, 한 20%는 쥐여 줘야겠죠."

"그러면 결국 다시 40% 아닌가? 도리어 손해인데?"

"아니죠. 비비TV 투자자이지 않습니까? 그러면 수익이 나면 비비TV의 가치가 상승할 테고, 당연히 그만큼 주식의 가격도 오를 테고, 투자인 만큼 배당금도 들어올 테죠."

"아!"

"제 계산으로는 그런 점까지 계산하면 비비TV를 통해 세탁하는 경우 수수료는 세금까지 싹 다 털어넣는다고 해도 많아 봐야 20%내외입니다. 물론 비비TV의 주가는 빼고요. 비비TV의 수익으로 잡혀서 주가가 올라간다면 10% 미만이 될 수도 있습니다."

주식 상승을 빼고도 전문 업자들이 하는 것보다 무려 10% 이상 비율이 낮다. 자금 세탁을 하는 돈이 작다면 그 돈도 작겠지만, 자금 세탁하는 돈이 많다면 그 비율은 엄청나다.

500억을 세탁하면 50억 이상 차이가 나는 거다.

"그리고 결정적으로 그러한 자금 세탁 세력을 자기 손아귀에 두고 있다면 마음이 편하죠."

"하긴 그렇겠군."

자금 세탁하는 업자 놈들도 결국 범죄자들이다. 그들은 도망갈 수도 있고 더 빼돌릴 수도 있다. 사실 그런 경우는 아주 빈번하다.

세탁하기 위해 수십억 수백억을 맡겨야 하는데 범죄자들이 믿음과 신용으로 일할 리가 없으니까.

"이런 게 자금 세탁으로 이용된다라……."

"네, 그래서 제가 은혜를 입혀 두라고 말씀드린 겁니다. 현시점에서 누군가가 철공소 놈들을 이용해서 세탁한다면 가장 가능성이 높은 건 티엑스컴퍼니. 그리고 그들이 진짜 자금 세탁 중이라면 절대로 티엑스는 비비TV와 철공소에서 손을 떼지 못합니다."

"하지만 불확실한 거 아닌가?"

"불확실하죠. 하지만 확신하고 있습니다."

"확신을 한다고?"

"네, 비비TV는 사실 이러한 인터넷 방송 플랫폼치고는 상당히 늦게 시작한 곳이거든요."

그런데 갑자기 치고 올라왔다.

"애초에 돈을 뿌리던 놈들은 말입니다, 큰손 소리 듣고 싶어서, 회장님 소리 듣고 싶어서 돈을 뿌리는 겁니다. 그런데 자기 이름이 이미 널리 알린 계정이 있는데 그걸 버리고 비비TV에 올 리가 없죠."

소위 큰손 또는 회장이라고 불리는 사람들은 플랫폼 내부에서 소문난다. 그 닉네임이나 아이디 같은 게 소문나면 그들이 어딜 가든 회장 대우나 회장에 준하는 대우를 받는다.

설사 단 한 번도 안 가 본 방송인의 방에 가도 회장의 준에서 대우해 주고 보던 사람들도 술렁거릴 정도다.

"왜? 그런 게 이유가 있나?"

"당연한 거죠. 회장님이 지금 어디 중소기업에 방문하면 거기 주가가 어떻게 될 것 같습니까?"

"아하! 온갖 소문이 다 돌겠군? 아마도 인수한다는 소문도 돌 테고."

"맞습니다."

유명한 큰손이 한 번도 안 가 본 사람의 방송에 간다?

그 말은 그가 다른 방송인에게 갈아타기 위해 구경하고 있다는 의미일 가능성이 높기에 방송인은 어떻게든 그를 잡으려고 할 거다. 고작 100만 원, 200만 원 쓰는 사람을 '회장'이라고 부르지는 않을 테니까.

설사 실패했다고 해도 잘 보여서 단돈 100만 원이라도 도네를 받으면 그것만 해도 엄청난 이득이니까.

"네, 그런데 그런 계정을 버리고 완전히 새로운 계정을 파는 것도 아니면서 아예 사람이 별로 없는 비비TV로 온다고요? 그럴 리가 없죠."

추앙이라는 것은 단순히 방송인만 해 주는 게 아니다. 그 방송을 보는 다른 사람들 역시 추앙해 주고 그를 찬양한다.

"다른 사람들이? 자기가 돈 받는 것도 아닌데? 왜?"

"뭐, 우월감이자 팬심이죠. 게임도 그렇지 않습니까? 솔직히 제가 얼마나 강하든 그게 무슨 의미가 있습니까?"

가령 전설의 레전드라는 게임에서 보면 팀제로 운영되고 한 판이면 끝나며 그렇게 해서 등급을 나눈다. 브론즈에서 플래티넘까지 말이다.

"그런데 자기가 플래티넘을 달아 봤자 무슨 의미가 있죠?"

물론 프로게이머가 목표라면 모르지만, 그게 아니라면 그 타이틀은 인생에 플러스보다는 마이너스에 가까울 거다. 그걸 유지하기 위해서는 연습도 필요하고 그만큼 개인의 시간을 소비해야 하니까.

"그렇다고 해서 게임을 못 하는 것도 아니고요."

물론 브론즈 같은 낮은 등급이라면 기분 나쁘겠지만 그냥 중간 정도만 되어도 적당히 즐기면서 할 수 있다.

"전설의 레전드가 플래티넘이라고 더 아이템을 주는 것도 아닌데 말이죠."

"흠."

"추앙이고 자신의 존재감을 보여 주는 수단이니까 그렇게 목을 매는 겁니다. 실제로 그런 등급은 높을수록 좋겠지만 또 그런 게 싫어서 그냥 오프라인 게임만 하는 사람들도 있거든요."

"이것도 마찬가지라 이건가?"

"네, 맞습니다. 그리고 동시에 팬심도 있으니까요. 제가 그 아이돌 덕질 한 적이 있지만 그때 그걸 철저하게 비밀로 한 이유가 뭐겠습니까?"

"기대감 때문이군."

"맞습니다."

유민택은 바로 알아들었다. 자신도 그런 기대감을 주는 사람이기에 행동을 조심해야 하기 때문이다.

"이 사람이 내가 좋아하는 사람을 후원할 수 있다면 얼마나 좋을까, 라는 것. 이권과 상관없는 팬심이죠."

나한테 돈이 안 들어와도, 내가 좋아하는 사람이 나를 몰라도, 그래도 그냥 저 사람이 잘되기를 원하는 사람들. 그들에게 있어서 막대한 돈을 줄 수 있는 큰손은 기회라고 할 수 있다.

"그렇기에 큰손의 이름이 소문나고 그가 들어가면 그 방이 난리가 나는 거죠."

"관심을 받고 싶은 자와 관심을 줄 준비가 된 자라 이거군."

"네, 그런데 비비TV는 뭐가 있죠?"

아무것도 없었다. 지금도 마이너에 속하지만 그때는 더했다.

방마다 시청자가 십수 명 정도밖에 되지 않았고 그들 사이에서 큰손이니 뭐니 하는 건 없었다. 심지어 방송하는 방송인들조차도 백 명이 채 안 되는 상황이었다.

"그런데 그런 비비TV가 갑자기 성공한 이유가 바로 그거거든요."

"어떤 거?"

"누군가가 1억 도네를 했다. 저도 자료를 찾다가 알았습니다."

아무리 성공한 방송인이라고 해도 한 사람에게서 100만 원 도네를 받는 건 쉬운 일이 아니다. 1천만 원짜리 도네도 아마 뉴스에 뜰 거다.

그런데 1억짜리 도네? 그것도 돈을 모아서 하는 미션도 아니고 1인이?

당연히 그게 소문이 파다하게 났다.

"비비TV에 큰손이 모여 있더라. 그게 소문의 핵심이었습니다."

실제로 그 당시에도 그렇고 지금도 그렇고 도네의 금액이 엄청나게 크다. 다른 곳의 개인 도네는 커 봐야 50만 원 선이지만 비비TV는 100만 원짜리 도네가 생각보다 많았다.

"설마?"

"네, 그렇게 도네가 이루어졌지만 단 한 번도 그에 대해 조사가 이루어진 적은 없죠. 그리고 도네라는 건 말입니다, 계좌 이체와 다릅니다."

"달라? 뭐가 다른가?"

유민택은 아무래도 그런 쪽으로 돈을 써 본 적이 없으니 당연히 그런 걸 몰랐다.

"도네는 기본적으로 구입이거든요."

"구입?"

"네, 계좌 이체면 수수료를 뗄 수 없지 않습니까?"

도네라는 건 기본적으로 플랫폼에서 미리 준비된 상품을 사는 거다. 그리고 그걸 방송 중 방송인에게 건네줌으로써 방송인은 그만큼 수익을 얻고 플랫폼은 그 수수료를 떼는 것.

그렇기에 방송인이 개인적으로 계좌 이체를 하려고 자기 계좌를 공개하는 건 플랫폼이 그 방송인의 계정을 영구 차단할 정도로 심각한 계약 위반 행위가 된다.

"그런데?"

"그런데 말입니다, 1억짜리 도네 상품을 만들겠습니까?"

"응?"

"애초에 1억씩 충전되는 게 드물 텐데요."

물론 1억짜리 도네를 할 수는 있다. 하지만 그런 경우 보통 낮은 가격의 도네를 사서 여러 번 하지, 1억짜리 도네를 사서 하진 않는다.

왜냐, 없으니까.

인터넷에서 화제가 된 2억짜리 도네도 오류로 인해 나온 거지, 진짜로 2억을 도네 한 게 아니다.

"그런데 어떤 놈이 시작과 동시에 1억짜리 도네를 예상하고 1억짜리 상품을 만들어 넣습니까?"

심지어 동접자가 백 명도 안 되는 시점에 말이다.

"확실히 이상하군."

"네, 이상하죠."

"하지만 그거야 뭐, 미래를 예상하고 만들 수도 있는 거 아닌가?"

1억짜리 도네가 아예 단 한 번도 없었다면 몰라도, 아주아주 드물기는 하지만 1억을 도네 한 경우도 없지는 않다.

물론 그 경우는 낮은 가격을 여러 번 사서 준 거지만 말이다. 어찌 되었건 총합이 1억이긴 하다.

"그런데 말입니다, 더 이상한 게 있습니다."

"더 이상한 거?"

"네, 이번에 철공소 놈들이 방송한 거 아시죠?"

"기부금 방송 말인가?"

"네."

"그게 왜?"

"그놈들이 자기들 계좌를 까더군요, 변호사 비용을 모은다고."

"뭐? 잠깐. 아까 그런 짓은 계정 차단을 할 정도로 심각한 사항이라고 하지 않았던가?"

"네, 맞습니다. 그런데 철공소 계정은 아직 살아 있습니다."

"설마?"

"그러면 가능성은 하나뿐이죠."

비비TV와 철공소 간에 거래가 있었다.

"그리고 더 재미있는 건 말입니다, 그 1억짜리 도네를 누가 받은 것 같습니까?"

"설마, 철공소 놈들이었나?"

"네, 맞습니다."

지금까지 1억짜리 도네는 모두 여자 방송인들이 받았다. 역사적으로 남자 방송인이 받은 적은 단 한 번도 없었다.

그런데 여자 방송인들 외에 1억짜리 도네를 받은 이들이 있었다. 그게 바로 철공소 놈들이다.

"어째서 그렇게 되는 건가?"

"간단합니다. 돈을 그렇게 쓸 만한 사람들이 드무니까요."

남녀의 부자의 비율을 굳이 비교하자면 여자보다는 남자가 많다.

그리고 여자들은 보통 화면 너머의 방송인에게 호감을 가지고 매달리지 않아도 주변에 남자들이 넘치는 경우가 많다.

특히나 돈을 가진 경우는 더더욱 그렇다.

"실제로 철공소 멤버들이 하는 방송을 보는 시청자들의 99% 이상이 남자입니다."

자기가 여자라면 굳이 여자가 나와서 헐벗고 춤추는 방송을 보지는 않을 테니까.

입담 좋고 재주라도 좋은 여성 BJ라면 모를까, 돈 주면 춤추는 여자를 보겠다는 여성 시청자가 얼마나 될까.

"제 생각에 비비TV는 애초부터 그러한 자금 세탁을 목적으로 만들어진 사이트로 보입니다."

그렇지 않다면 이 모든 게 말이 되지 않는다.

구조적으로 다른 곳에 비해 엄청나게 많은 돈을 쓰는 소위 회장님들.

그에 반해 작은 마이너한 규모.

그리고 마치 예상이나 하듯이 만들어진 시스템.

거기다 심각한 위반 사유에 대해 아무런 말도 안 하는 운영진까지.

"어째서? 그딴 걸 만드는 거지? 이해가 안 가는군. 돈이 없어서?"

유민택은 말도 안 된다는 얼굴이 되었다.

재벌가에서 후계 순위에서 밀렸다고 한들 부자는 부자다. 그리고 과거처럼 모든 재산을 한 명에게 상속하는 건 불가능하기에 어느 정도의 재산은 보장된다. 그런데 왜 그런 짓을 한단 말인가?

그러나 노형진은 직감적으로 알 수 있었다. 사실 회귀 이전에 개판을 어느 정도 알고 있었기 때문이기도 했다.

물론 그때는 그 원인은 모르고 그저 방송을 보고 '개판이네.'라고 하고 말았지만.

"티엑스컴퍼니가 후계 순위 자격에 밀린 놈들이 만든 거라고 하셨죠?"

"그랬지."

"그렇다고 해서 욕심을 버린 건 아니겠죠."

"무슨 말인가?"

"재산은 거의 비슷하게 나닙니다. 사실 아무리 일방에게 후계자를 점지한다고 해도 유류분이라는 게 있으니까요."

직계존속, 즉 자녀와 아내라면 받을 수 있는 예정 금액의 2분의 1. 그리고 직계비속 또는 형제라면, 즉 손자와 사망자의 친형제라면 예정 금액의 3분의 1. 이게 바로 유류분이다.

그건 안 준다고 해도 나중에 법원을 통해 돌려받을 수 있다.

"거기다가 약간의 돈을 더하면 후계 전쟁을 한번 해볼 만하지 않겠습니까?"

그 말에 유민택은 순간 흠칫했다. 하지만 이내 고개를 흔들었다.

"힘들지. 주식이라는 게 단순히 승계로만 물려받는 게 아니지 않나?"

온갖 법적인 과정 그리고 각 기업 간의 주식 공유 등등 기업의 주식 공유를 이용해서 기업을 운영하는 게 대한민국 대기업이다.

그래서 후계자 재벌이라고 해도 마음대로 싸움을 걸어서 기업의 경영권을 빼앗아 가는 건 불가능하다.

"나만 해도 내가 가진 대룡의 주식은 5%밖에 안 되네. 그마저도 대기업의 회장들 사이에서는 높은 거야."

"알고 있습니다. 그래서 가능하다는 거죠."

"그래서 가능하다니?"

"티엑스컴퍼니는 한 명이 만든 게 아닙니다. 대기업의 후계자들이 모여서 만든 거죠. 그들 각각의 유류분으로 받는 게 있을 테니 그곳을 통해 그들이 한곳에 힘을 투사한다면 어떻게 되겠습니까?"

그 말에 유민택은 순간 얼굴이 굳었다. 그러고는 한참을 말하지 못하고 가만히 생각에 빠졌다.

그러나 이내 답은 금방 나왔다.

"가능하겠군, 재계 순위가 낮은 곳이라도 하나 먹어 버리면 그때부터는 답이 없을 정도로."

"네, 맞습니다."

가령 멤버 열 명이 있다고 치자. 그런데 한 명이 도전하고 그놈에게 나머지 아홉 명이 돈과 권력을 몰아주면?

정해진 후계자는 10 대 1로 싸워야 한다.

그런 경우 그 사람이 과연 이길 수 있을까?

아버지가 살아 있다면 모를까, 죽었다면 유류분 소송 등을 통해 지분을 털어 버리고 주식을 모아서 잘라 버리고 자기네 파벌을 박아 넣을 수 있다.

그리고 그 후에는 일사천리다. 왜냐하면 이미 회장 자리를 차지한 놈이 있기에 다른 곳에서 싸움이 나면 그때는 단순히 10 대 1이 아니라 이미 먹혀 버린 기업에서 총력전으로 달려들 테니까.

그렇게 규모가 커지면 티엑스컴퍼니라는 곳은 한국의 재계를 먹어 버릴 수 있을지도 몰랐다.

'그때 후계 전쟁이 동시다발적으로 터져서 한국이 개판이 되었지. 실제로도 그런 방식으로 대기업을 먹어 치우고 해외에 비싼 값에 팔아먹었고.'

실제로 그 과정에서 나락에 떨어진 기업이 한둘이 아니다.

생각해 보면 당연한 거다. 후계자로서 인정받지 못한다는 걸 결격사유가 있다는 건데 그런 놈이 회장이 되었으니 기업이 멀쩡할 리가 없다.

그리고 그런 놈들은 장기적인 운영에는 관심이 없었다. 그러니 비싼 가격에 팔아먹는 게 최선이었던 것.

하지만 이미 티엑스컴퍼니 자체가 대한민국 경제계를 지배하는 거대한 카르텔이 되었으니 저항도 불가능.

그래서 한국은 저항도 못 하고 무너졌었다.

"그러기 위해서는 전제 조건이 하나 있습니다."

"추가적인 주식을 매집해야 한다는 거군."

"맞습니다."

유류분으로 넘겨받은 재산으로 주식을 모아 봐야 뻔하다.

하지만 그게 아니라면? 자금 세탁이 된 돈으로 모은다면?

그리고 그 과정에서 다른 기업에서도 그걸 모은다면?

"최소한 회장 모가지를 쳐 낼 수 있는 정도는 뽑아낼 수 있겠지요."

당장 유민택만 해도 가진 주식이 5% 정도.

실제로 낮은 곳은 1.3%의 지분으로만 운영되고 있다.

그러니 수작만 잘 부리면 그런 짓을 하는 게 불가능한 건 아니었다.

"끄응."

단순히 재벌집 자제들의 용돈 벌이라 생각했던 게 생각지도 못한 거대한 싸움이라는 사실을 알게 된 유민택은 심각한 얼굴이 되었다.

"불가능한 건 아니야."

실제로 알려지지 않았을 뿐이지 후계자 경쟁에 타 기업이 끼어드는 건 딱히 비밀도 아니다. 왜냐하면 한국의 거의 모든 기업들은 혈연으로 연결되어 있기 때문이다.

A회사의 자녀가 두 명이면 그 둘이 결혼하는 대상은 평범한 사람이 아니라 기업 B와 C의 자녀일 가능성이 높다.

그리고 그러한 기업 B와 C에서는 A회사의 사장이 죽고 나면 그 자리를 차지하기 위해 그 자녀들을 밀어줄 수밖에 없다.

"그런데 다른 곳 수십 군데에서 힘을 조금씩만 몰아주면 무난하게 기업의 경영권을 빼앗을 수 있겠지."

"맞습니다. 그리고 그러한 곳에 투자하는 투자사들도 많고요."

소위 말하는 약탈적 투자금융사들, 사모펀드들이 그런 식으로 수익을 낸다.

"비비TV라는 문제를 그냥 간단하게 생각했는데……."

유민택은 뭔가 곤란한 얼굴이 되었다.

"하지만 이미 예상한 것 아닌가?"

"그렇지요. 그러니까 그걸 조사해 보면 답이 나오겠죠. 만일 그런 계획이 진짜로 있다면 과연 티엑스컴퍼니가 비비TV에서 손을 뗄까요?"

그럴 리가 없다. 돈을 벌 수 있는 곳이야 어디서든 찾을 수 있겠지만, 자금 세탁을 할 수 있는 곳을 찾는 것은 절대로 쉽지 않으니까.

특히나 한국에서 주식을 사기 위해서는 막대한 자금이 한국으로 들어와야 하는데, 그걸 가지고 들어오는 건 절대로 쉬운 일이 아니다.

"그러면 이걸 어떻게 해야 하나. 회장들에게 말을 해야 할까?"

"그것도 방법이죠. 하지만 그것보다는 후계자들에게 말해주는 게 좋겠지요."

"후계자들?"

"이건 후계자들의 싸움입니다. 솔직히 회장들에게 이야기해 봐야 그분들 입장에서는 어떻게 하는 게 곤란하죠."

자기 핏줄이고, 그것도 불법도 아닌 자기만의 싸움의 방식이다. 그걸 하지 말라고 할 수야 있겠지만 그걸 또 막기도 애매하다.

"그리고 어떤 사람들은 그걸 더 선호하기도 하지 않습니까?"

"그건 그렇지."

자식이라고 해도 공정하게 대하는 게 아니라 승리자가 모든 것을 먹어 치우는 걸 선호하는 사람도 있다.

"현실적으로 그간 후계 경쟁을 보면 거의 절대다수는 모른 척하거나 중립을 지키겠죠."

"하긴, 후계자도 멀쩡한 놈이 아니면…… 후우~."

유민택 역시 그런 문제로 고민한 시절이 있었다. 다만 자식이 다 죽고 하나 남은 자식마저 아내였던 김화자의 불륜의 산물이라는 사실에 절망했지만 말이다.

"혹독하리만치 자식에게 잔인해지기도 하지."

'물론 자기 후계자가 기업을 사모펀드에 팔아먹는다고 생각한다면 절대로 용납 안 하겠지만.'

하지만 문제는 설마 그렇게까지 하겠냐고 생각한다는 거다. 어찌 되었건 자식이니까 그렇게는 안 하겠다고 믿는 거다.

'하지만 이미 그들은 기업에 애정이 없지.'

자신을 버렸던 기업, 자신을 후계자가 아니라고 대우도 안 해 준 기업에 애정이 있을 리가 없다.

실제로 그런 생각을 가지고 조직을 고의로 망치는 놈들도 없는 건 아니다.

"차라리 이참에 영민이에게 시키도록 하지요."

"영민이를?"

"영민이도 슬슬 데뷔해야 하지 않겠습니까?"

유영민은 후계자로서 착실하게 후계자 수업을 받고 있다.

물론 당장 후계자로서 기업의 전면에 나서서 활동하지는 않는다. 아직은 학생이니까.

"그렇지만 결국 어울리는 사람은 뻔하죠."

"후계자들 말인가?"

"네, 맞습니다. 최소한 후계자가 아니라고 해도 기업 내에서 보조자로서 남을 만한 놈들일 겁니다."

모든 형제가 다 후계자 전쟁에서 지고 나서 기업에서 쫓겨나는 건 아니다. 때때로는 형제의 능력을 인정하고 최고의 자리를 넘겨주고 보조자로서 기업에 남는 경우도 종종 있다.

"그런데 이 티엑스컴퍼니는 그런 타입이 아니란 말이죠."

"그건 그렇지."

유민택이 이미 조사를 마친 상황이다. 기업에서 후계자 자격이 사실상 박탈된 놈들이 뭉쳐서 만든 조직.

"그걸 영민이가 알려 준다면 은혜를 입혀 두는 거죠."

후계자라는 존재들은 아직 어설프다. 그리고 아직도 배워야 할 게 많다.

"하지만 후계자는 후계자란 말이죠."

현 회장은 자식이나 손자라서 손대지 못하지만 형제간의 싸움이라면 그런 건 없다.

"확실히 좋은 방법이기는 하네."

유민택도 고개를 끄덕거렸다.

이 세상에 공짜는 없다. 특히 기업 간에는 더더욱 그렇다.

하물며 후계자 경쟁에서 자기를 도와준 사람?

당연히 좋은 관계를 유지하려고 할 수밖에 없다. 은혜도 갚아야 하고 동시에 또 도움을 받을 수 있으니까.

'내가 굳이 손쓸 이유는 없지.'

어느 정도 세력을 만들었다면 모를까, 현시점에서 티엑스 컴퍼니는 아직은 약하다.

"그리고 괜스레 우리가 건드려서 불편한 관계를 만들 필요도 없기는 하죠."

"하긴."

아이 싸움이 어른 싸움 된다고 한다. 만일 자식 둘이 치고받고 싸워서 한 놈이 망한다면 대기업의 회장님들 입장에서는 정상적인 후계 경쟁이 된다.

하지만 노형진이 끼어들어서 그중 한 명을 패배시킨다면 외부에서 압력으로 자녀를 조진 게 된다. 그런 경우 높은 확률로 대기업 회장들이 원한을 가질 거다.

"물론 한두 명이야 그다지 위협이 되지 않지만요."

"하긴, 그게 문제겠군."

티엑스컴퍼니를 만든 사람들은 수십 명이다. 그 말은 수십 개 회사가 노형진에게 원한을 가진다는 거다. 아무리 노형진이라고 해도 대기업 수십 곳은 부담스럽다.

싸우려면 못 싸울 건 없지만, 그랬다가는 제2의 IMF를 티엑스컴퍼니가 아닌 노형진이 일으키게 될 거다.

"아, 그런 거였나. 확실히 그건 그렇지."

그 마음을 유민택도 인정한다는 듯 고개를 끄덕거렸다.

특히나 선민의식을 가진 대기업 혈통은 외부에서 자기들을 컨트롤하려고 하거나 자기들 문제에 끼어드는 것을 무척이나 싫어한다.

"그러니까 이참에 파티 한번 하시죠, 영민이 데뷔를 할 겸."

"그게 좋겠군."

유민택은 고개를 끄덕거렸다. 개인적으로 부잣집 자제들과 알고 지내는 것과 공식적으로 모임을 만들어서 파티를 하는 것은 완전히 다른 일.

"그리고 이참에 새로운 시스템도 만들어 보고요. 후후후."

"새로운 시스템?"

"라이온스클럽이라고 아십니까?"

"라이온스클럽? 그게 동네 사장님들이 만든 클럽 아닌가?"

"원래는 동네 사장님들 소일거리일지 모르지만 원형은 그게 아니거든요."

라이온스클럽. 요즘은 사람들이 잘 모르는 클럽이다.

원래 라이온스클럽은 비종교적인 자원봉사 클럽이다. 미국에서 한 재력가가 노블레스 오블리주를 어떻게 실천할 것인지 고민하다 만든 곳이다.

한국에도 그런 라이온스클럽이 들어왔다. 하지만 한국의 라이온스클럽은 그러한 봉사보다는 지역 유지의 모임이라는 느낌이 강하다.

"그래서?"

"그런 모임을 만드는 거죠."

"노 변호사, 설마 그런 모임이 없다고 생각하는 건가? 당연히 있네."

유민택은 어이없다는 얼굴로 말했다. 노형진이 그런 모임이 없다는 걸 모를 리가 없기 때문이다.

하지만 노형진은 다르게 생각했다.

"있죠. 정확하게는 비공식이기는 하지만요."

서로서로 알고 지내며 대화한다. 심지어 결혼도 서로 아는 사이끼리 하는 재벌가들의 세계.

그런 곳에 과연 그런 모임이 없을까? 그럴 리가 없다.

"하지만 공식과 비공식은 다릅니다."

"공식과 비공식은 다르다?"

"의무와 친목의 차이는 어마어마한 갭의 차이를 가져오지요."

"의무와 친목이라……. 하긴, 이해가 가기는 하는군. 그건 완전히 다르지."

가령 라이온스클럽만 해도 그렇다. 라이온스클럽이 이제는 지역 유지의 친목 도모 장소가 되었다지만 그것과 별개로 실제로 그들은 어느 정도 자원봉사를 하거나 기부한다.

라이온스클럽의 기본 의무이기 때문이다.

"정확하게 표현하자면 그거죠. '네가 최소한의 의무를 다한다면 나는 너에게 인맥이라는 선물을 주겠다.'라는 개념이죠."

"너무 극단적인 표현이기는 하지만……."

"하지만 현실이 그런걸요."

최소한의 의무도 하지 않는 회원이나 최소한의 기부금도 내지 않는 회원의 경우 라이온스클럽 내부에서도 사람 취급도 안 하고 도태되기 때문이다.

실제로 라이온스클럽의 설립 취지에는 상공업, 공공산업 그리고 개인 사업의 효율성 증대라는 목표가 들어가 있다.

"이게 무슨 말이겠습니까?"

'네가 사회적 책임을 다하는 동안에는 라이온스클럽에서 인맥을 제공해서 네가 돈을 더 많이 벌 수 있는 기회를 제공하겠다.'라는 소리다.

"그런 규정이 있었어?"

"네, 있죠."

당연하게도 유민택은 그런 규정에 대해 모른다. 라이온스클럽에 가입할 이유가 없으니까.

애초에 가입이 불가능한 건 아니지만 체급이 너무 안 맞는다.

"흠."

"그리고 현재 후계 경쟁이 벌어지고 있다면 우리가 개입하는 것도 불가능한 건 아니죠."

그 말에 순간 유민택은 흠칫했다.

"그게 무슨 말인가? 설마 후계 경쟁에 끼어들어서 기업을 집어삼키겠다는 건가? 그걸 막기 위해 이번 일을 하는 거 아니었나?"

"아니죠."

노형진은 어깨를 으쓱했다.

"저, 그렇게 착한 놈 아닙니다."

지금은 21세기다.

올바르고 착한 후계자 경쟁? 정통성? 그딴 걸 취급하는 시대가 아니다. 아무리 장자라고 해도 무능력하면 기업을 물려받아서는 안 된다.

장자라고 기업을 물려받았다가 말아먹으면 피해자는 장자 혼자가 아니라 그 안에서 일하던 사람들과 그 가족들, 아주 크게 보면 그 회사의 제품을 소비하던 소비자들까지 문제가 엄청나게 커진다.

"제가 원하는 건 올바르고 정당한 후계자의 계승입니다."

"올바르고 정당한 후계자의 계승? 장자 승계 원칙이라도 말하는 건가?"

"그럴 리가요. 다만 짐승에게 기업을 맡길 수는 없다는 거죠."

'티엑스컴퍼니가 그걸 박살 내면서 한국이 아예 폭삭 망했지.'

그리고 노형진이 회귀할 때까지 그러한 타격은 대한민국을 몰락시키고 있었다. 주요 기업들뿐만 아니라 기술마저도 모조리 중국으로 넘어갔던 것.

단순히 기술이 넘어간 걸 넘어서 중국은 그 기술의 특허권을 주장하면서 그 기술을 사용하던 모든 한국 기업에 사용권을 박탈해 그 기술을 쓰던 기업들이 도산하게 만들어 버렸다.

단순히 돈뿐만 아니라 기술을 빼앗긴 두 번째 IMF였기에 그 암흑기는 길고 길었고, 노형진이 회귀할 때까지도 그 끝을 보지 못했었다.

'이번에는 내가 그 꼴을 못 보지.'

물론 티엑스컴퍼니만 날려도 그걸 막을 수 있다. 하지만 그런 방식은 계속될 가능성이 크다.

합법적인 방법이고 또 자식이라는 이유로 후계자들이 싸우는 걸 방치할 가능성이.

"그러니까 정당한 후계자라는 게 단순히 위에서 인정한다는 게 아니라 사회적으로 그 책임을 다할 만한 사람을 의미하는 거군."

"네, 맞습니다. 대기업 자제들의 가장 큰 문제가 바로 그거거든요."

외부의 눈치를 볼 필요가 없다. 대기업의 자제가 너무 눈치를 봐도 문제겠지만 반대로 눈치가 너무 없어도 문제다.

"하긴, 최근에 모 대표만 봐도."

모 기업의 회장이 일선에서 은퇴하면서 아들이 기업을 물려받았다. 차기 회장이 유력시되는 상황에서 그 아들의 무능은 상상을 초월했고, 회사의 주가는 3년 만에 3분의 1 토막이 나 버렸다.

몇조의 사업을 했지만 모조리 싹 다 망했던 것.

그나마도 회장의 아들이 일을 배워 가는 상황에 벌어진 거라고 변명할 수도 없는 게, 그 회장이 된 아들이 주변에 온갖 병신 짓을 저지르고 다녔다는 게 문제였다.

"내가 그놈을 죽이려다 말았지."

"네? 누가요?"

"어디라고 말은 못 하겠네. 거기 전 회장이 와서 싹싹 빌어서 넘어간 거라 말이지. 하지만 하마터면 전쟁할 뻔했지."

"전쟁까지 생각하셨다니, 큰일을 저질렀나 보군요."

"내 며느리에게 추파를 던지더군."

"소영이 누나한테 말입니까? 미친 거 아닙니까?"

강소영은 유영민을 키우면서 혼자 살고 있다. 회사 내부에서 어느 정도 운영에도 개입해 강한 권력도 가지고 있다.

애초에 그걸 떠나서 유일한 후계자인 유영민의 어머니인 만큼 권력이 없을 수가 없다.

'누군지 모르지만 누나를 꼬시면 대룡을 집어삼킬 수 있다고 생각했나 본데.'

그런데 유민택은 그런 행동에 대해 트라우마를 가지고 있다. 그러한 행동에 속아서 자식도 아닌 놈을 수십 년씩이나 키웠고, 그놈에게 둘째 아들이 죽었으며, 마지막 핏줄인 유영민이 살해당할 뻔했고, 대룡마저 빼앗기기 직전까지 갔으니까.

그런데 그런 유민택의 트라우마를 모를 리 없는 업계 대표들이 비슷한 짓을 하려고 한다?

그건 그냥 자기를 죽여 달라고 애걸복걸하는 거다.

"하룻강아지 범 무서운 줄 모른다더니."

그때가 생각나는지 이를 빠드득 가는 유민택.

그 순간 노형진은 머릿속에서 얼마 전에 본 뉴스가 생각났다. 모기업의 회장이 갑자기 일선 복귀를 선언한 이유.

'그런 거였구만.'

아마도 유민택이 그놈 모가지를 안 날리면 전면전을 하겠다고 길길이 날뛰었을 것이다.

"흠, 확실히 문제 있는 놈은 거르는 게 맞지."

"맞습니다."

그렇게 말했지만 사실 노형진에게는 다른 이유도 있었다.

아니, 이게 가장 큰 이유였다. 그저 그걸 유민택에게 말하지 않았을 뿐.

'통제되지 않는 부에 대한 통제.'

개인의 부라는 것은 외부에서 터치할 수 있는 영역이 아니다. 자본주의사회에서의 영역이니까.

문제는 그 부를 이룩한 사람들의 경우는 그 선을 안다는 거다. 그게 없던 시절의 기억이 있으니까.

그걸 보고 자란 다음 세대도 그나마 그 선을 지킨다.

'문제는 그 다다음 세대.'

소위 3세대부터는 통제력이 상실되기 시작한다. 없던 시절이라는 것 자체가 없기 때문에 누구의 눈치를 본 적도 없기 때문이다.

강소영에게 추파를 던진 놈도 마찬가지일 거다. 자기 딴에는 '강소영을 내 여자로 만들면 대룡도 내 것이다.'라는 알량한 생각을 했을 거다.

최소한의 눈치라도 있었으면 그게 불가능하다는 걸 알겠지만 일평생 단 한 번도 눈치라는 걸 본 적이 없는 인간이 알 리가 있나?

'하지만 서로에 대한 냉정한 평가를 해 줄 수 있는 집단이 있으면 이야기가 달라지지.'

심지어 그 집단이 자기들과 비교해서 동일하거나 더 강한 힘을 가지고 있다면?

"협동과 경쟁이라 이건가?"

"맞습니다. 티엑스와 동일하죠. 목적은 다르지만."

티엑스컴퍼니가 원하는 것은 이익을 위해 서로 결탁하는 것.

그리고 노형진이 원하는 것은 후계 경쟁에서 승리하기 위해 함께 싸우는 것.

"제대로 안착되기만 한다면 파워가 장난이 아니겠군."

미래의 후계자들, 그들의 경쟁. 그걸 수면으로 끌어올리겠다는 것.

'어딜 가나 마찬가지지.'

공개적으로 선과 악이 갈라선다면 결국 사람들의 선택은 뻔하다.

"좋아. 그건 영민이에게 말해서 진행하도록 하지. 거참, 비비TV 문제가 이상하게 흘러가는군."

"걱정하지 마세요. 이 문제가 정리되기 시작하면 비비TV도 순식간에 무너질 테니까요."

굳이 작은 일부터 할 이유는 없었기에 노형진은 자신 있게 말했다.

후계자를 위한 전당

대기업의 후계자들. 현대의 황태자들.

그들이 모두 한곳에 모이는 경우는 드물다.

그랬기에 그들은 처음에 대룡과 유영민의 이름으로 초청장이 왔을 때 인맥을 늘릴 수 있는 좋은 기회라고 생각하면서도 한편으로는 뭔가 이상하다는 생각을 했다.

재벌의 후계자들만을 모아서 하는 파티라는 게 그럴듯하지만 서로 경쟁 관계인 기업도 있고 기업 간 철천지원수인 경우도 있기 때문이다.

그래서 실제로 재벌가 파티가 없는 건 아니지만 재계 순위 1위부터 200위까지 싹 다 오는 경우는 없었다.

아마도 이번이 첫 모임일 게 뻔했다. 그랬기에 처음에는 분위기가 좋았다. 하지만 그 파티장이 개판이 되기까지는 채 10분도 안 걸렸다.

"티엑스컴퍼니? 뭐 그딴 곳이……."

"거기 내 동생이 돈 밀어 넣는 걸로 알고 있는데. 이 개 같은 새끼가 감히 내 뒤통수를 노려?"

후계자들의 눈에서는 불꽃이 뿜어져 나왔다. 자신의 자리를 넘보는 형제는 철천지원수와 다름없는 존재였으니까.

"그 정보가 어디서 나온 겁니까?"

"마이스터입니다."

유영민의 말에 다들 아무런 말도 못 했다. 마이스터발 정보라면 부정할 수 없는 사실일 가능성이 높으니까.

마이스터가 후계자들을 모아서 이렇게 공개적으로 말할 정도면 이미 검증은 끝났다고 봐야 한다.

"마이스터의 정보에 따르면 그들은 현재 외부에서 번 돈을 자금 세탁을 통해 한국에 들여오는 중입니다. 아마도 높은 확률로 그 돈을 이용해서 기업의 주식 사냥을 시작할 겁니다."

"그 금액이 얼마나 되는지는 모르고요?"

"모르죠. 하지만 최소한 수백억 정도는 되지 않을까요?"

"수백억이라……."

"고작 수백억으로 기업사냥을 하기는 좀……."

그러나 일부는 믿을 수 없다는 얼굴이었다. 그도 그럴 게 아무리 돈이 충분하다 해도 고작 수백억 단위의 돈으로 기업

사냥을 할 수는 없기 때문이다.

후계자들이 가진 재산도 만만치 않은 데다 그렇게 티가 나게 매집하면 나중에 문제가 안 될 수가 없다.

"물론 그렇겠죠. 하지만 방금 말씀드렸다시피 작은 곳에서 하나하나 하면 이야기가 달라지죠."

"작은 곳 말입니까?"

"처음부터 재계 순위 100위권 안에서 시작할 이유는 없죠."

유영민은 의미심장한 시선으로 한쪽에 모여 있는 사람들을 바라보았다. 재계 서열 200위권의 기업들을 모두 모았다지만 그들 사이에는 알 수 없는 벽이 있었다.

사실 200위권이라고 해도 마냥 크다고 생각할 수 없는 게, 190위나 200위 사이의 기업들은 대룡의 계열사만도 못하니까.

"그런 곳에서부터 시작한다면 충분하고도 남죠."

그 말에 자연스럽게 모두의 시선이 한쪽으로 쏠렸다. 공식적으로 발표는 안 되었지만 알음알음 수준을 알고 있으니까.

그리고 그중에서 가장 위험한 곳은 다름 아닌 조림건설이었다.

"내가 위험하다고요? 하지만 전 재계 순위 190위입니다만?"

당연하게도 조림건설 후계자는 발끈했다. 하지만 그 옆에 있는, 그의 집에 대해 아는 사람이 조용히 말을 꺼냈다.

"너 동생 있잖아."

"응?"

"그 아래 순위 애들은 위험하지가 않아."

후계자가 외동이거나 형제가 있어도 나이가 어려서 그런 음험한 짓을 할 정도로 사회적 경험이나 능력이 안되거나 하는 경우는 생각보다 많다.

"우리 회사는 내가 외동이야. 동생 따위는 없다고."

"내 동생은 이제 고작 중 3이다. 걘 투자할 돈이 아니라 현질 할 돈도 없어서 쩔쩔맬걸."

"내 동생도 마찬가지야. 지난달에 게임에 200만 원 현질 했다가 아빠한테 개처맞았는데 뭐? 투자? 그럴 리가 없지."

그랬다. 190위인 조림식품의 산하에 있는 다른 기업들은 모두 후계 구도가 안정되어 있거나 단일 후계 구도였다.

"그에 반해 네 동생, 위험하지 않아?"

조림건설 후계자의 동생은 나이가 20대 중반. 나름 사회생활을 한다. 하지만 안정적으로 올바르게 사회생활 하는 놈도 아니다.

"클럽 죽돌이잖아, 그 새끼."

애써 말도 안 된다고 생각하는 조림건설의 후계자. 하지만 그다음 말에 이를 빠드득 갈았다.

"조림건설 둘째 김출랑 씨, 티엑스컴퍼니에 투자금 4억 3천만 원."

"네?"

"이미 확인해 봤습니다."

유영민은 아주 담담하게 말했다.

"아니, 그 돈을 어디서……."

"5억도 안 되는 돈이잖아? 그 정도 돈은 클럽에서 깡 해 달라고 하면 해 줄걸."

그러자 옆에 있던 누군가가 씁쓸하게 말했다.

"너야 클럽이랑 담 쌓고 살았으니까 모르지만."

그는 후계자지만 나름 클럽에 대한 경험이 있기에 그런 것 도 알고 있었던 것.

"막말로 한 달에 클럽에서 1억만 써도 되는 돈 아니냐?"

재계 200위쯤 되면 한 달에 클럽에서 1억쯤 쓰는 게 부담 스러울 정도는 아니다.

"하, 씨팔. 이 미친 새끼가."

그 말을 들은 조림식품의 후계자는 눈에서 불이 번뜩거렸다.

"그렇잖아도 요즘 이상하게 나한테 개기더라니!"

물론 형제 사이에서 사이가 안 좋은 건 흔한 일이다. 더군 다나 집안의 후계자와 집안에서 그냥 내놓고 방치하는 후계 자라면 더더욱 사이가 안 좋을 거다.

"잠깐. 그 새끼가 4억 정도라고?"

그 말에 옆에서 듣고 있던 누군가가 심각한 얼굴이 되었다.

"그 티엑스라는 놈들이 가진 돈이 얼만지 압니까?"

"불확실합니다. 그놈들은 불법적인 일에도 손대는 놈들이 라더군요."

유영민의 말에 다들 생각이 많아지는 얼굴이었다. 그도 그럴 게 다들 후계자 경쟁을 하거나 또는 후계자 교육을 받은 사람.

"거기에 그놈 같은 놈이 백 명만 된다고 해도."

거기다가 그런 놈들이 한 명이 4억 정도만 해도 그들이 동원할 수 있는 돈은 무려 400억.

"조림 주식은 싹쓸이하고도 남겠는데?"

"이런 씨팔."

그 말에 조림건설의 후계자는 얼굴이 창백해졌다.

그의 집안이 가진 조림 주식은 2.3%. 그걸 다 팔아도 400억이 안 된다.

그 말은 주식 좀 사서 자기들의 모가지를 싹 다 쳐 내는 게 어렵지 않다는 거다.

"그래도 아버지가 있는데……."

"아버지라고 해서 그놈이 살려 둘 것 같지는 않은데요?"

자기를 버리고 형을 후계자로 삼은 아버지다. 아버지가 알면 도리어 화내면서 포기하라고 하지, '너의 승리다.'라고 할까?

아니다. 실제로 자식이 아버지에게 반기를 들어서 아버지를 모가지 치려고 하는 경우는 흔하다.

'실제로도 그랬고.'

회귀 이전에 티엑스컴퍼니의 사냥은 잔인하기 그지없었다. 현 회장이 형제가 아니라 아버지라고 해도 가차 없이 쫓아내고 기업을 중국에 비싸게 팔아넘겼다.

실제로 그 충격에 일부 회장들이 죽기도 했지만 누구도 눈물을 흘리지 않았다. 심지어 파티 현장에 자신의 아버지 사진을 밟고 다닐 수 있도록 깔아 둔 놈도 있었다.

"말도 안 돼. 내 동생은 그렇게 똑똑한 놈이 아니란 말입니다."

이건 엄청나게 위험하고 돈이 많이 드는 엄청난 규모의 사업이다. 하지만 그만큼 어렵고 힘들다. 변수는 수백 개가 넘고, 배신자가 있으면 일이 어찌 될지 모르니까.

당연히 멍청해서 후계자 경쟁에서 떨어진 놈이 세울 만한 계획은 아니었다.

하지만 노형진은 이미 알고 있었다. 그리고 그걸 이미 유영민에게 말해 준 상황이었다.

"머리가 좋은 놈은 외부에서 충분히 데려올 수 있죠. 아시잖아요?"

유영민은 쓰게 웃으며 말했다.

"다들 후계자 교육받으면서 듣는 게 그 소리 아닌가요?"

"……."

아무리 대표가 천재적이라 해도 기업을 일으키는 데에는 한계가 있다. 대표는 한 명이라 개인이 감당할 수 있는 일에는 한계가 있기 때문이다.

그게 가능한 수준은 딱 강소 기업이라고 분류되는 영역까지. 대기업으로 넘어가기 위해서는 대표보다는 운영하는 실무진이 똑똑해야 한다. 그리고 그 시점에서 중요해지는 것이 바로 기업인의 용병술이다.

"그리고 사모펀드에는 똑똑한 놈들 많아요."

남의 돈을 불려 주면서 막대한 이익을 챙기는 사모펀드는 자기가 똑똑하지 않으면 살아남을 수가 없다.

즉, 사모펀드라는 것 자체가 오로지 자기 머리로만 승부를 봐야 한다는 거다.

만일 거기에서 실패한다? 그러면 막대한 소송을 당하게 된다.

설사 이겨도 기회는 없다. 사모펀드에서 돈 날린 쩐주들이 가만있을 리가 없으니까.

"큭."

그 말에 다들 입을 다물었다. 그게 사실이니까.

그들은 운이 좋아서 재벌가에 태어난 거지, 능력으로 이 자리를 차지한 게 아니다. 사모펀드의 악랄한 놈들이 끼어들었다면 불가능한 일이 아니다.

"……."

"이거 참."

즐거운 파티를 예상하고 온 사람들이지만 누구도 웃지도 못했다.

"그러면 어떻게 해야 합니까? 아버지에게 말해서 막아야 하나요?"

"현 회장님 중에서 그걸 막을 만한 분이 있나요? 아니, 이제 와서 그걸 막을 방법이 있을까요?"

최소 400억 이상의 돈.

더 큰 기업의 자제들의 투자금을 생각하면 2천억 이상의 돈이 들어가 있을 가능성이 크다. 그런데 그런 돈이 굴러가기 시작한 시점에서 이미 늦었다.

사실 2천억은 투자 기업치고는 큰돈은 아니다. 하지만 그걸 불법을 감수하고 굴리기 시작하면 벌어들이는 돈은 미친 듯이 늘어나게 된다.

"그리고 모든 범죄자들이 다 그렇듯 이미 들어간 이상 벗어나는 건 불가능할 겁니다."

이제 와서 양심의 가책을 느끼고 벗어나겠다고 한다? 그러면 그 돈을 돌려주고 모른 척할까?

아니다. 어차피 지금 기업을 운영하는 대표 가문이 가진 지분은 얼마 안 되는 게 현실이다. 그러니 차라리 그놈을 빼고 먹어 버리고 갈가리 찢어 버릴 거다.

그렇게 되면 투자한 놈은 자기가 투자한 돈으로 망하게 되는 거다.

"크윽."

그 말에 다들 한참을 침묵을 지켰다.

그렇게 얼마나 지났을까? 누군가가 먼저 입을 열었다.

"그 정보가 마이스터에서 왔다는 건, 반대로 말하면 마이스터에서 우리에게 할 말이 있다는 거군."

그 말에 다들 시선이 그곳으로 돌아갔다. 그도 그럴 게 그의 존재감은 무시할 수 없는 수준이었으니까.

현시점에 한국의 굳건한 재계 서열 1위. 또한 글로벌 기업으로 강력한 힘을 가지고 있는 신성그룹의 후계자 용주태였다.

"관심이 가는데? 그 방법이 뭔가?"

용주태는 유영민에게 단도직입적으로 물었다. 그 말에 다들 고개를 갸웃했다.

"그, 형님은 이번 사태에서 큰 타격은 없지 않습니까?"

"그건 그렇지."

신성그룹은 외부에서 장난친다고 넘어갈 만큼 약한 곳이 아니다. 그리고 후계자 경쟁에서 도태되어서 막 나가는 놈이 있는 것도 아니었다.

신성그룹은 후계 경쟁은 다른 곳과 달리 잔인하기 그지없다. 도태된다? 먹고 떨어져라가 아니라 진짜 파멸 그 자체였다.

실제로 다른 사람도 아니고 신성그룹의 핏줄 중 한 명이 굶어 죽은 적이 있을 정도였다.

직계가 아닌 방계이긴 하지만 그래도 신성의 핏줄을 이은 사람이다. 그런데 그런 사람이 굶어 죽었다.

작은 자리 하나만이라도 만들어 줄 만도 하건만 철저하게 고립시켜서 결국 죽게 만든 게 바로 신성그룹이다. 그런 기업을 어설프게 먹겠다고 덤비는 놈은 없을 거다.

"하지만 그거야 단기간이지."

"네?"

"내 예상대로라면 기업을 가져간 놈이 제대로 운영 안 할 거야. 무능력한 놈일 테고, 지금 영민이 말을 들어 보면 그 뒤에는 아무래도 사모펀드 놈들이 있는 것 같으니까."

"으음…… 그렇겠지요?"

"그러면 그 기업이 팔리거나 해체되면 경제는 몰락하겠지."

그 말에 다들 흠칫했다. 그것까지는 생각하지 못했으니까.

"아무리 우리가 글로벌 기업이라고 해도 근본은 한국이야. 한국이 박살 나면 우리라고 멀쩡하지 않겠지."

그리고 한국이 약해지면 신성그룹 역시 약해지고 무너질 것이다.

"그에 반해 티엑스컴퍼니라는 놈들은 강해질 테고, 최종적으로 우리를 잡아먹거나 해체시킬 정도로 커지겠지."

"설마요."

"설마? 다른 곳도 아닌 우대그룹이 무너질 거라고 누가 예상을 했지?"

그 말에 다들 침묵을 지켰다.

IMF 당시에 사라진 우대그룹.

그 당시에 그 누구도 우대그룹이 무너질 거라 생각하지 않았다. 방벽 주의를 모토로 튼튼하고 가성비 좋은 물건을 만들던 게 우대그룹 아니던가?

물론 분식 회계의 영향이 크다지만 그래도 엄청난 충격이었다.

"누군가가 한국을 팔아먹고자 한다면 그게 어디든, 그리고 그게 누구든 결국 최종 목적은 하나밖에 없지."

명실상부한 한국 재계 서열 1위, 신성그룹.

"그걸 알기 때문에 나를 부른 거 아닌가? 솔직히 말해서 공격 순위로 보면 우리 신성그룹이 더 앞설 텐데?"

"네? 대룡보다요? 하지만 재계 순위가……."

다른 후계자의 말에 용주태가 고개를 흔들었다.

"재계 순위가 중요한 게 아니야. 안전성이 중요하지. 사실 지분을 가지고만 보면 우리보다 대룡이 더 안정적이야. 지분도 5%가 넘고 그 뒤에 마이스터라는 강대한 세력도 있지."

그에 반해 신성그룹의 회장 일가가 가진 지분은 고작 0.8%뿐. 터무니없이 작다고 보이지만 그만큼 신성그룹의 규모가 크다는 소리다.

"도리어 대룡의 5% 지분이 우리 입장에서는 터무니없이 높은 거니까."

"끄응……."

"그리고 자네들이 잘 모르는 모양인데, 사모펀드는 때때로 동맹을 맺기도 하지."

"그게 무슨 말씀이십니까, 형님?"

"한두 번은 우연일 수 있지. 그런데 세 번은 필연이야."

만일 티엑스컴퍼니가 나서서 한국의 기업을 갈가리 찢어서 파는 데 연달아 성공한다면 다른 사모펀드가 그걸 구경만할까? 아니면 수저를 들고 달려들까?

'똑똑하네.'

노형진은 용주태의 말에 자신도 모르게 피식 웃었다.

신성그룹이 교육을 엄청 빡세게 시킨다더니, 확실히 실력이 좋기는 했다.

'실제로 한국의 두 번째 IMF는 그게 원인이었지.'

처음에는 티엑스컴퍼니가 포문을 열었다. 하지만 티엑스의 공격을 기업들은 막지 못했고, 그걸 본 다른 사모펀드들이 돈을 바리바리 싸 들고 티엑스로 달려왔다.

아무리 정부에서 막아 보겠다고 발악하고 기업들이 필사적으로 우호 지분을 긁어모았다고 해도 이기지 못한 이유가 그거다.

저쪽에서 1천조씩 들고 공격하는데 무슨 수로 방어를 한단 말인가? 한국의 첫 번째 IMF가 딱 그렇게 당했던 거다.

다만 달라진 점이 있다면, 그때는 해외에서 그 짓거리를 한 거고 두 번째는 한국 놈들이 그 짓거리를 했다는 거다.

돈만 되면 된다는 극소수의 장난.

"경제는 살아 있지. 우리가 살아남는다고 해서 끝이 아니야."

한국이 죽으면 그다음에는 신성도 무너지게 된다.

다른 나라로 이주? 그걸 그 지역에 회사들이 곱게 두고 볼까? 아니, 그것도 돈인데 한국에 돈이 말랐는데 그 돈이 나올까?

"허."

다른 곳도 아닌 신성이 힘들어질 거라는 말에 다들 침묵만 흘렸다. 하지만 용주태는 고민하지 않는 눈치였다.

왜냐하면 그가 교육받으면서 가장 많이 경고받고 가장 많이 주의하라고 한 곳이 바로 마이스터이기 때문이다.

그게 아군이든 적이든 말이다.

"그런데 대룡을 통해 우리에게 그 정보를 준다는 것은 해결책이 있다는 거지."

"그런 겁니까?"

"그래, 마이스터는 언제나 그랬어. 모든 걸 준비하고 마지막에 두들겨 팰 때나 그 진심이 드러나지. 단기적으로는 손해 보고 있는 것 같지만 장기적으로 마이스터는 단 한 번도 손해를 본 적이 없지."

용주태는 그걸 알기에 확신을 가지고 있었다. 지금 말하는 건 유영민이지만 그걸 전달하는 사람은 마이스터, 아니 노형진일 거라고.

"확실히 그걸 막을 방법이 없는 건 아니죠. 그걸 위해 모이라고 한 거니까."

"그래서 뭔가?"

"외환 관리법 위반."

"외환 관리법 위반?"

"티엑스는 지금 자금 세탁을 하고 있거든요. 아무리 티엑스라고 해도 출처도 부정확한 돈으로 수천억대 주식을 살 수는 없어요."

물론 아주 조금씩 살 수 있을지도 모른다. 분할해서 구입할 수 있을지도 모른다. 하지만 그런 이상 징후를 모를 정도의 주식 기업들도, 정부도 아니다.

그들이 주식을 사기 위해서는 어떻게든 한국에 자금을 가지고 들어와야 한다.

"그걸로 엮어서 교도소로 보내 버리면 모든 게 깔끔하죠."

"하지만 그걸 찾아내는 게 쉽지 않은데……."

"이미 찾았으니까 드리는 말씀인 겁니다."

"이미 찾았다?"

"비비TV라고 하죠."

그 말에 몇몇 사람들의 눈빛이 살벌하게 변했다.

"그곳에서 철공소를 비롯한 방송인들이 자금 세탁 중입니다."

"확실해?"

"그게 중요한가요?"

"하긴 그도 그렇군."

유영민의 말에 용주태는 고개를 끄덕거렸다.

불확실해도 상관없다. 자신들에게 위협이 된다? 그러면 자신들이 그들을 놔둘 이유가 없다.

'얼마 전에 소문은 들었지만.'

노형진과 대룡이 비비TV와 싸움이 붙었다.

사실 같잖은 작은 기업과 대룡의 싸움이니 금방 끝날 거라 생각은 했다. 하지만 이게 이런 식으로 파급이 될 줄은 몰랐다.

'뭐, 상관없나.'

자신에게 중요한 건 결국 생존과 승리.

남에게 이용당하는 게 기분 나쁘지만 그렇다고 해서 마냥 기분 나빠할 것도 아니다. 특히 대상이 자신보다 갑이라면 말이다.

"비비TV와 철공소라 이거죠?"

그렇게 그들에게 지옥이 열리기 시작했다.

⚖

"너 이 새끼들, 뭔 짓을 한 거야?"

전태권는 날벼락 같은 소식을 듣고 다급히 최소훈이 사는 호화 오피스텔로 들이닥쳤다.

마침 방송을 마치고 나오던 최소훈은 현관문 앞에 선 외삼촌을 보고 눈을 찡그렸다. 자신들의 사건을 담당 안 한다고 한 시점에서 그는 남이었으니까.

"외삼촌, 어쩐 일이세요?"

"어쩐 일이세요? 너 이 미친 새끼야. 지금 네 입에서 '어떤

일이세요?'라는 말이 나와? 대체 뭔 짓을 했기에 신성그룹에
서 블랙리스트가 돌아!"

"어디요? 어디 방송인이래요?"

"귓구멍이 처막혔냐! 신성그룹이라고, 신성그룹!"

그 말을 최소훈은 이해하지 못하고 다시 물었다.

"신성그룹이 왜요? 우리한테 광고라도 준데요?"

"아니, 이 미친 새끼가?"

"뭔데?"

"또 무슨 일인데?"

밖이 소란스러워지자 안에서 게임을 하던 이철수와 박공
만이 고개를 내밀었다. 그러고는 전태권을 보면서 눈을 찡그
렸다.

"아저씨, 이제 우리랑 상관없잖아. 그러니까 가지 그래?"

"아저씨?"

아무리 최소훈을 통해서라지만 이철수도 전태권이 최소훈
의 외삼촌이라는 걸 알고 있다. 그런데 아저씨라니.

어이없어진 그는 순간 아무런 말도 못 했다.

그나마 박공만은 나았다. 그는 말을 돌려서 축객령을 내렸다.

"저희 사건, 담당 안 한다고 하셨다면서요? 그러면 여기에
찾아오시면 곤란합니다. 소훈아, 거기 있지 말고 나가서 이야
기하고 와라. 기분 나빠서 우리 집에 들이고 싶지 않으니까."

"야, 이 미친 새끼야! 너희들, 지금 정말로 무슨 상황인지

도 모르는 거야!"

"무슨 상황이라니요?"

"너희들 지금 각 기업들에서 조지겠다고 블랙리스트 돌린 거 몰라!"

"무슨 블랙이요?"

"어떤 변호사도 너희들 사건을 담당 안 할 거다, 이 미친 새끼들아!"

"그거야 돈 없을 때의 이야기고, 돈독 오른 놈들은 많아요. 어차피 아저씨도 마찬가지잖아요. 돈 안 준다고 조카도 내버리는 인간이 무슨."

"너희들 진짜……!"

전태권은 뭐라고 하려고 했다. 하지만 그럴 시간이 없었다. 갑자기 뒤에서 목소리가 들려왔기 때문이다.

"이철수 씨, 박공만 씨, 최소훈 씨?"

"누구?"

"뉘슈?"

"당신들 뭔데?"

시커먼 정장을 입은 남자들이 들이닥치자 순간 움찔하는 철공소 멤버들.

"국세청에서 나왔습니다."

"국세청?"

하지만 척 봐도 국세청에서만 나온 게 아니었다. 그 뒤에 경찰 정복을 입은 남자들이 주르륵 서 있었으니까.

"경찰입니다."

"경찰이 왜……."

"그 인터넷 방송으로 기부금 모금하셨죠?"

"그런데요?"

"그리고 그 돈을 계좌로 받으셨고요."

"그런데요?"

"기부 금품 모집 및 사용에 관한 법률 위반입니다."

"뭔 법?"

"개인적인 기부금 모금은 불법입니다."

경찰의 눈은 번뜩거렸다. 그리고 그걸 본 전태권은 머리를 부여잡았다.

"끄응, 미친 새끼들."

그간 도네라는 이름으로 후원금을 받아도 기부금으로 처리되지 않은 이유는 간단하다.

그게 말만 그렇지, 실제로는 임금과 비슷한 성격, 아무리 크게 봐도 증여에 가까웠던 데다가 결정적으로 개인 계좌로 들어오는 게 아니라 기업 계좌로 들어갔다가 정산을 마친 후에 남은 돈을 돌려주는 형태라 기부금의 형식이 아니었기 때문이다.

하지만 방금 이야기를 들어 보니 대놓고 개인 계좌로 돈을 받은 모양. 심지어 그냥 계좌를 공개해서 알아서 넣어 준 것도 아니고 대놓고 방송하면서 돈 좀 달라고 구걸한 것 같았다.

"같이 가 주셔야겠는데요?"

경찰은 품에서 영장을 꺼내 보여 주면서 말했다.

"어어어?"

그걸 보고 당황하다가 다시 한번 전태권에게 매달리는 최소훈.

"외삼촌, 살려 줘요!"

"이 망할 새끼 하아!"

전태권은 머리가 아파 왔다. 그러나 답이 없었기에 이를 악물었다. 블랙리스트가 돈 이상 아무도 그들을 도와주지 않을 게 뻔하기 때문에 그에게 선택지는 없었다.

⚖️

"자금 세탁이요?"

철공소를 대리해서 변호사로서 출석한 전태권은 생각지도 못한 죄목에 어이없어서 헛웃음만 나왔다.

"그러니까 지금 자금 세탁을 했다 이겁니까? 이 멍청한 놈들이?"

"네, 그것도 하필이면 대기업 후계자 경쟁에 들어갈 돈을 자금 세탁했답니다."

경찰은 당혹감을 감추지 못하고 말했다. 그리고 그 말을 들은 전태권은 심장이 덜컥 내려앉는 느낌이었다.

"그게 무슨 말입니까? 대…… 대기업 후계자 경쟁 자금이요?"

"네."

"이런 미친!"

송충이는 솔잎을 먹고살아야 한다고 했다.

방송을 잘해서 돈 버는 거? 안 말린다.

엑셀 방송이니 뭐니 하면서 돈 잘 버는 거?

사실 누군가는 저급 방송이라고 하는데 그는 신경 쓰고 싶지 않다. 범죄자를 보호하면서 돈 버는 자신이 할 말은 아니니까.

하지만 탈세도 아니고 대기업의 후계 경쟁에 끼어든다?

그것도 심지어 한두 명도 아니고 한국의 거의 모든 대기업 후계 경쟁이란다.

'죽으려고 환장한 것도 아니고. 이러니까……'

어이없어서 한숨만 쉬던 그는 순간 이상하다는 생각이 들었다.

'일개 경찰이 이런 걸 어떻게 알지?'

이런 은밀한 정보는 일개 경찰이 알 만한 게 아니다. 알아도 최상부나 알지. 그 말은 단 한 가지뿐이다.

'누군가가 흘리라고 시킨 거다.'

그러지 않고서야 이런 걸 자신에게 알려 줄 리가 없다. 경찰이란 족속은 그렇다. 경찰에게 변호사는 철천지원수 같은 존재니까.

그럼에도 불구하고 이런 정보를 흘린다는 것은 누군가가 철공소 패거리와 합의하거나 이용하고 싶다는 것.

'끄응.'

변호사는 솔잎을 먹고살아야 한다. 그게 그의 지론이었다. 그랬기에 마음 같아서는 이런 위험한 게임에 끼고 싶지 않았다.

'하, 씨팔.'

하지만 그럼에도 불구하고 그는 낄 수밖에 없었다. 자신에게 아들을 살려 달라고 비는 여동생 때문이었다. 자신이 변호사가 될 수 있게 인생을 걸고 후원해 준 여동생.

'그래, 딱 한 번이다. 딱 한 번만.'

여동생이 자신을 위해 인생을 걸었던 것처럼 그 또한 여동생을 위해 딱 한 번만 인생을 걸어 보기로 했다.

"합의하고 싶은데 누구랑 해야 합니까?"

"합의요? 그건 저희 소관이 아닌데요? 형사사건이잖습니까? 뭔가 오해하셨나 본데요."

노형진은 싱글벙글 웃으며 말했다.

'젠장, 미치겠네.'

맞다. 이건 형사사건. 그것도 공식적으로는 경찰의 인지 수사로 인한 사건이다. 당연히 노형진이 아무런 권한도 없다.

'하지만 그럴 리가 없어.'

애초에 철공소를 조지겠다고 달려든 게 대룡이고 그를 대리한 게 노형진이다.

그런데 갑자기 인지 수사? 그게 말이나 될까?

거기다 대기업 간의 후계 경쟁에 탈세? 자신도 몰랐던 걸 우연히 찾아낼 수 있을 리가 없다.

"물론 합의를 원하는 건 아닙니다."

전태권은 미친 듯이 머리를 굴렸다. 여기서 굴복하고 '죄송합니다.' 하고 나가면 여동생은 충격 받고 죽을지도 몰랐다.

"다만……."

전태권은 뭐라고 해야 할지 머리를 굴리다가 순간 과거의 선배들의 조언이 생각났다.

어설프게 잔머리 쓰지 마라. 그래 봤자 못 이긴다.

만일 노형진과 싸울 일이 생기면 차라리 당당하게 싸워라.

최소한 그렇게 하면 의뢰인은 몰라도 변호사에게는 손 안 댄다.

'맞아, 그랬지.'

이겨 보겠다고 온갖 편법을 쓰고 뇌물 쓰고 거짓말해 봐야 의미가 없다. 더군다나 지금 그는 노형진에게 끌려온 셈이었다.

자신을 여기로 불러온 시점에서 이미 노형진은 자신의 행동을 예측하고 그에 대한 대응책을 세워 놓았을 가능성이 높다.

'그렇다면······.'

머리 쓰면 같이 죽는다. 하지만 차라리 대놓고 도움을 요청하면 같이 살 방법을 알려 줄 가능성이 높았다.

"다만 뭐, 하실 말씀이 있는 건가요?"

"그냥, 제 조카가 큰 실수를 한 것 같은데 살 방법을 찾았으면 합니다."

"조카분이요?"

"애가 멍청하고 돈독이 올라서 자기 주제를 몰랐습니다. 하지만 큰 피해자가 있다고 보기는 힘들지 않습니까?"

"흠······."

"물론 그 애가 한 엑셀 방송이나 약자를 괴롭히는 방송 같은 게 좋은 거라는 뜻은 아닙니다. 하지만 최소한 그로 인해 피해 입은 사람이 없으니까······."

노형진은 그 말에 단호하게 말을 잘랐다.

"일단 그 부분은 정정해 드려야겠네요."

"네?"

"죽은 사람이 아예 없는 건 아닙니다. 뭐, 직접적인 피해자를 만든 건 아니지만 최소한 돌이킬 수 없는 상처를 줘서 자살하게 만들었죠."

"네? 그게 무슨 말입니까?"

"모르셨습니까? 미혼모를 병원비를 준다고 속여서 놀려먹었죠."

어찌어찌 아이가 기부금으로 수술받은 건 사실이다.

하지만 그건 철공소 멤버들이 준 게 아니라 그걸 본 다수의 사람들이 분노해서 지원해 준 거고, 그러한 수술에도 불구하고 아이는 죽었다.

그리고 그 미혼모는 결국 그 충격으로 자살하고 말았다.

"물론 결론적으로 보면 철공소 멤버들이 죽인 건 아니죠."

누군가는 결과는 좋지 않았느냐고 항변할지도 모른다. 관심을 끌어서 아이가 수술받은 건 사실이니까.

하지만 미혼모에게 마음의 상처가 없었다면 아이가 죽었다고 해도 그 상처를 이겨 내고 삶을 선택했을지도 몰랐다.

"끄응."

그 말에 전태권은 머리를 부여잡았다.

최소훈이 온갖 더러운 방송을 하는 건 알고 있었지만 그냥 룸살롱처럼 여자들이 춤추는 방송이나 하는 줄 알았지, 그 정도로 악질일 거라고는 생각도 못 했으니까.

"끄응…… 죄송합니다."

"하지만 그렇다고 해서 형사적 책임을 물을 수는 없죠."

실제로 그 모든 사건은 상당한 기간에 걸쳐 일어났다.

철공소의 방송에서 자살까지 걸린 시간은 7개월.

그 과정에서 아이의 수술과 죽음 등 큰일이 있었기에 고소해 봤자 경찰에서는 혐의 없음으로 처리할 수밖에 없다.

'원래는 그 죄까지 물어서 날려 버릴까 했는데 말이지.'

하지만 꼴을 보아하니 그놈들을 날려 버리면 또 다른 자살자가 생길 판국이다.

'어쩔 수 없지.'

물론 그들의 처벌을 안 할 생각은 없다. 그랬기에 노형진은 차선책을 꺼내 들었다.

원래 계획은 언론을 통해 그들이 자금 세탁하는 것을 터트리는 것이었다. 다만 후계자들이 아니라 외국 자본, 즉 사모펀드가 한국의 모든 기업을 다 흡수하기 위해 수작을 부리는 것으로 말이다.

그렇게 되면 대기업도 정부 입장에서도 그걸 막기 위해 무슨 수라도 쓰게 될 테니까.

'물론 그 과정에서 철공소는 좋은 꼴을 못 당하겠지만.'

사람의 목숨도 우습게 여기고 친부모도 잡아먹는 놈들이니 아마도 세 사람은 죽게 될 거다. 바로 그게 첫 계획이었다.

'하지만 뭐, 어쩔 수 없지.'

목숨만 살려 달라는데, 대놓고 죽이기도 그렇다.

물론 그렇다고 해서 그들을 편하게 살 수 있게 해 준다는 말은 아니지만.

"좋습니다. 그러면 살 방법을 하나 알려 드리죠."

물론 목숨만 건질 수 있을 테고 아마 오랜 시간 교도소에 틀어박혀 있어야 할 거다. 이미 자금 세탁이라는 범죄를 저질렀고 그걸 부정할 방법은 없으니까.

"뭡니까?"

그리고 이어지는 노형진의 말에, 전태권은 입을 쩍 벌릴 수밖에 없었다.

"그……게 가능할까요?"

"불가능한 건 아니죠?"

"그거야…….."

확실히 불가능한 건 아니다. 하지만 미친 짓이기는 하다.

동시에…….

"살려면 해야지요."

"후우~."

살려면 해야 한다. 노형진의 말에 전태권은 한숨을 쉬는 것 말고는 선택지가 없었다.

다음 권으로 이어집니다

천재 셰프 회귀하다

신사 현대 판타지 장편소설

최귀무장

송장벌레 신무협 장편소설

귀신같은 창귀槍鬼가 돌아왔다,
때 묻지 않은 어린 시절의 몸으로!

피로 몸을 씻던 전장의 말단 독종
구르고 굴러 지고의 경지까지 올랐으나……

혈교의 혈겁을 막기 위한 회귀인가
의형제의 복수를 위한 회귀인가
알 수 없다
전생에서 그를 막던 모든 것을 차울 뿐

"내 의형의 가슴팍을 칼로 도려내기도 했고?"
"무, 무슨 소리야…… 그런 적 없어!"
"그런 적 있어. 기억은 안 나겠지만."

매 걸음마다 피도 눈물도 없는 전투
세상 모든 것이 그를 꺾으려 든다!

꿈의 도약, 로크에서 하십시오
(주)로크미디어에서 신인 작가를 모십니다

즐거운 세상, 로크미디어는 꿈을 사랑하고 도전을 두려워하지 않는 작가 분들의 참신한 작품을 기다리고 있습니다. 21세기 장르 문학계를 이끌어 갈 차세대 선두 주자 (주)로크미디어에서 여러분의 나래를 활짝 펴 보시길 바랍니다.

모집 분야 판타지와 무협을 포함한 장르 문학
모집 대상 아마추어 작가, 인터넷 작가
모집 기한 수시 모집
작품 접수 시 유의 사항
1. 파일명은 작가명_작품명.hwp형식을 갖춰 주십시오.
1. 파일에 들어갈 내용은 다음과 같습니다.
   - 성명(필명인 경우 실명을 밝혀 주세요), 연락처, 이메일 주소
   - 제목, 기획 의도
   - A4용지 1장 분량의 등장인물 소개
   - A4용지 2장 분량의 전체 줄거리
   - 본문
1. 작품이 인터넷에 연재되고 있다면, 게시판명과 사이트의 구체적이고 정확한 주소를 기재해 주십시오.

선택된 작품은 정식 계약 후 출판물로 간행되어 전국 서점에 유통됩니다.
작가 분은 (주)로크미디어의 전폭적인 지원하에 전속 작가로 활동하시게 됩니다.
※ 자세한 내용은 로크미디어 홈페이지(rokmedia.com)를 참조하세요.

(04167)서울시 마포구 마포대로 45 일진빌딩 6층
(주)로크미디어 편집부 신간 기획 담당자 앞
전화 : 02) 3273-5135
www.rokmedia.com   이메일 : rokmedia@empas.com